光文社文庫

文庫書下ろし／長編時代小説

奸臣《かんしん》狩り

夏目影二郎始末旅(九)

佐伯泰英

KOBUNSHA

光 文 社

この作品は光文社文庫のために書下ろされました。

目次

奸臣狩り　主な登場人物

夏目影二郎　本名瑛二郎。常磐秀信の妾腹。放蕩無頼の果て、獄につながれたが、父に救われ、配下の隠密となる。元桃井道場師範代。
常磐秀信　豊後守。旧姓は夏目。影二郎の父で、幕府大目付首席をつとめる。
若　菜　川越城下の浪人の娘。恋仲の影二郎の祖父母が営む嵐山の若女将。
菱沼喜十郎　道中奉行監察方。道雪派の弓の名手。秀信の命で影二郎を支える。
おこま　菱沼喜十郎の娘。水芸や門付け芸人に扮して影二郎の旅に従う。
水野忠邦　越前守。幕府老中首座、浜松藩主。天保の改革を推し進める。
鳥居燿蔵　甲斐守。江戸南町奉行。御禁令取締隊を組織し、弾圧を強める。
国定忠治　上州国定村の出身の侠客。関所破りのかどで八州廻りに追われる。
浅草弾左衛門　浅草新町に住む門付け、座頭、猿楽、陰陽師などの総元締め。
鉄砲町の勝五郎　御用聞き。かつて影二郎が殺めた聖天の仏七の手下だった。
佐々木一心　鳥居燿蔵配下の南町奉行所隠密廻り同心。
八巻玄馬　関東取締出役。忠治一家の壊滅と影二郎の命を狙う。
遠山景元　左衛門尉。北町奉行。
林忠英　肥後守。前将軍家斉側近の若年寄だったが、罷免され蟄居謹慎中。
専行院　家斉の側室、お美代の方。実父は破戒僧の日啓。
横山康正　加賀藩前田家の重臣。
阿部正弘　伊勢守。寺社奉行、備後福山藩主。のちの幕府老中首座。

奸臣《かんしん》狩り

夏目影二郎始末旅(九)

序章

江戸の町に木枯らしが吹き荒れていた。

乾いた馬糞《ばふん》と一緒に土埃《つちぼこり》が舞い上がり、空が黄色に染まった。洗濯物も直ぐに汚れて、洗い直しをする羽目になった。往来を歩く人々は息がつまり、目もまともに開けられなかった。そのせいか風邪を引くものが多く出て、町内の子供の多くが洟《はな》をたらしていた。

「なんて風だい」

「決まってらあな、あれいけませぬこれいけませぬの水野《みずの》風よ」

「まったく下々の事情をよ、ご老中は分かってねえぜ」

江戸の町々でこんな会話が囁《ささや》かれていた。

夏目影二郎《なつめえいじろう》はその日、三好町《みよしちょう》の湯屋にいった。

昼下がりの刻限で、湯には隠居が二人ばかり入っていた。

「おや、市兵衛長屋の浪人さんだねえ」

と声をかけてきたのは三好町の履物屋の隠居の好兵衛だ。

市兵衛長屋の住人で、下駄の歯入屋の次平とお六夫婦の倅《せがれ》が好兵衛の店に奉公していたから、馴染《なじ》みの顔だった。

「旦那、聞いたかえ。神田祭が中止だとよ」

「なにっ、天下祭が止《や》めとな」

神田明神の祭礼は天下祭とも御用祭とも呼ばれた。

呼び物は各町内の山車《だし》尽くしで、将軍家が上覧する祭であった。

京の祭に対抗し、幕府の威光を示すために開かれた天下様（将軍）公認の祭ゆえの呼び名だ。

「止めた理由とはなんだ」

もう一人の隠居が好兵衛に聞いた。

「そりゃあ、豪奢贅沢《ごうしゃぜいたく》の禁止令に引っかかったのよ」

「祭は江戸町民が楽しみにしている祭だよ。贅沢といっても一年一度のことだぜ」

「老中水野忠邦《ただくに》様もなにを考えておいでだか」

好兵衛の言葉に心中複雑な影二郎であった。

影二郎の父、大目付常磐秀信《ときわひでのぶ》は水野の引きで勘定奉行《かんじょうぶぎょう》に抜擢され、さらには大目付の要職を歴任していた。

言わば秀信の直属上役が水野で、秀信自身もまた幕府を背負う幕閣の一人であった。

無役であった秀信が勘定奉行職に就《つ》いたとき、影二郎は伝馬町《てんまちょう》の牢《ろう》にいて流人船を待つ身であった。

秀信と浅草《あさくさ》西仲町の料理茶屋嵐山《らんざん》の一人娘、みつとの間に出来た、妾腹《しょうふく》の子が瑛二郎《えいじろう》であった。

婿の秀信は養子に入った旗本三千二百石、常磐家の家付きの嫁鈴女《すずじょ》に遠慮して、実家の夏目姓を瑛二郎に密かに与えた。

瑛二郎は侍の子として育てられ、みつが若くして死んだ後には常磐家に引き取られた。

だが、養母と異母兄との折り合いが悪く、直ぐに飛び出すと祖父添太郎《そえたろう》の下、嵐山へと戻って無頼の徒に入った。

その折、瑛二郎を影二郎と変えた。

剣は鏡新明智流《きょうしんめいちりゅう》桃井春蔵《もものいしゅんぞう》道場の俊英と呼ばれ、十八歳の折には、

「位の桃井に鬼がいる……」

と恐れられた腕前であった。

遊ぶ金は添太郎が呉れた。

気風《きっぷ》がよくて金離れがいい。その上、腕が立つ。浅草界隈《かいわい》の悪の兄貴分に伸《の》し上がるにはそう時間も掛からなかった。

一方で影二郎は吉原《よしわら》の小見世《こみせ》女郎の萌《もえ》と二世《にせ》を誓い合っていた。

そんな萌の美貌に目をつけた十手《じって》持ちとやくざ稼業の二足の草鞋《わらじ》を履く聖天《しょうでん》の仏七《ぶっしち》が萌を騙《だま》して身請けした。身請けした相手が影二郎でないことを知った萌は自ら喉を突いて自裁した。

賭場《とば》帰りの仏七を襲い、その仇を討った影二郎は伝馬町の牢に繋がれる身になったのだ。

そんな時期、長年無役だった常磐秀信に大役が下った。

勘定奉行公事方《くじかた》である。

この職、関東取締出役《とりしまりしゅつやく》、俗にいう八州《はっしゅう》廻りを監督する役を負っていた。

当時、関《かん》八州の治安は乱れに乱れて、農村にもやくざが横行し、取り締まる側の八州廻りも腐敗していた。

そんな折、秀信に大役である。だが、それは粛清を期待してのことではなかった。経験もない秀信に八州廻り粛清の大役を担わしめ、失敗をさせ、失政のすべてを秀信におっかぶせて葬るための人身御供《ひとみごくう》であった。

秀信は知ってか知らずか、伝馬町にいた倅の影二郎を密かに牢から出し、腐敗した八州廻り火野初蔵《ひのはつぞう》ら六人を始末させた。

鮮やかな手並みの陰に影二郎がいたことを知った水野忠邦は自らの、

「手駒」

として利用することにしたのだ。

今では老中首座水野の影御用を影二郎は務めていた。いや、務めさせられていたのだ。

水野は父子を子飼いしている人物といえなくもない。

水野忠邦の天保《てんぽう》の改革は、十二代将軍家慶《いえよし》の四十九歳の誕生祝の席で発表され、祝いの場が凍りつくほどの衝撃を与えた。

五十年の長きにわたる家斉《いえなり》の大御所政治が終わり、

「やれ、新しい時代が」

と期待された矢先のことだ。

それは天保十二年五月十五日のことであった。

享保《きょうほう》・寛政の改革を手本にした幕府の方針は、

「倹約と禁止」

に尽きた。

贅沢な料理を売り、食することを禁止、豪奢《ごうしゃ》な飾り物を身につけることを禁止、女浄《おんなじょう》瑠璃《るり》など楽しみの停止、こんどは江戸町民が楽しみに待っていた神田祭を禁じたという。また同時に風俗紊乱《びんらん》をきつく取り締まることも発表された。

「そればかりじゃねえや。二丁町の中村座と市村座が浅草猿若町《さるわかまち》に移転させられるそうな」

「またそれは。十一月は顔見世だぜ」

ともう一人の隠居が絶句した。

水野は風俗取締りを強化していた。どうやらその一環に引っかかり、芝居小屋は長年歌舞伎興行を続けてきた堺町と葺屋町《ふきやちょう》の二丁町を離れて、浅草へと追い出されたのだ。

影二郎に、

「まさか」

という一つの疑念が湧いた。

「出る杭は打たれるの喩《たと》えもあらあ。あまりよ、性急な改革ばかりじゃあ、後が続かないぜ」

と好兵衛が言い放った。

影二郎は湯屋から長屋に戻ると飼い犬のあかが、井戸端の日溜りに横になって女たちの長談義を聞いていた。だが、主《あるじ》の帰りにのっそりと起きて、尻尾を振り振り飛んできた。

「旦那、浅草から使いだ。顔を出してくれとさ」

隣の住人棒手振《ぼてふ》りの杉次《すぎじ》の女房おはるが影二郎に声をかけてきた。

「ならばこの足で参ろうか」

影二郎は手拭《てぬぐい》を長屋に放り込む代わりに、南北朝期の鍛冶《かじ》法城寺佐常《ほうじょうじすけつね》が鍛造した大薙《おおなぎ》刀《なた》の刀身を刃渡り二尺五寸三分のところで刀に鍛《う》ち変えた大業物《おおわざもの》と粟田口国安の一尺六寸の脇差を着流しの腰に落とし差しにした。あかに、

「嵐山にいくぞ」

と声をかけた。

浅草寺の門前、浅草西仲町では、影二郎の祖父祖母、添太郎といくの夫婦が影二郎の想《おも》い女《びと》の若菜《わかな》と一緒に料理茶屋嵐山を経営していた。

おはるがいう浅草からの使いとは嵐山からのものだった。

湯屋でまさかと疑念を生じさせたのはこの嵐山のことであった。

門前町の料理茶屋だ。格別豪奢な料理を供しているわけでも酌女《しゃくおんな》を侍《はべ》らせているわけでもない。江戸前の魚や旬の食材を使い、板前が腕を振るって食べさせる茶屋だ。だが、八つぁん、熊さんが気軽に暖簾《のれん》を潜る料理茶屋ではないことも確かだった。

三好町から西仲町に歩く間にも改革の影響があちらこちらに出ているのが見受けられた。

呉服屋には客の姿が見えず、小間物屋は店仕舞いしていた。

町内の会所では年寄りや鳶《とび》の頭《かしら》が雁首《がんくび》揃《そろ》えて集まり、神田祭の禁止を受けて折角用意した山車をやるせなさそうに片付けている姿も見られた。

「糞っ、祭くれえ自由にさせてくんな！」

と鳶の者が吐き捨てる言葉が影二郎の耳に響いた。

町内全体が暗く沈んで見えるのは影二郎の思い過ぎか。

嵐山の門を潜るとこちらもいつもの生気が見られない。

あかが主の到来を告げ奥に向かって吠えた。すると若菜が直ぐに姿を見せた。

「影二郎様」

「嵐山に商い停止《ちょうじ》が下ったか」

「はい。月番奉行所南町の鳥居《とりい》甲斐守《かいのかみ》耀蔵《ようぞう》様の命とかで、暖簾を下ろせとのお指図が参りました」

鳥居耀蔵は妖怪と呼ばれ、老中首座水野忠邦の懐刀の一人であった。それも守旧派、蘭学嫌いでとおり、同じ水野の配下の穏健派の常磐秀信とは対立する間柄であった。

そんなことから鳥居の手先と影二郎はこれまで幾多の暗闘を繰り返してきていた。

この鳥居が南町奉行に着任したのはこの年のことだ。

一方、北町奉行には、

「遠山の金さん」

こと遠山左衛門尉景元《とおやまさえもんのじょうかげもと》がいて、こちらは庶民の味方として評判を得ていた。

「いつのことだ」

「今朝方にございます」

「父からはなんぞあったか」

「いえ」

と若菜が顔を横に振った。

「爺様はどう申しておられる」

「奉行所の命には逆らえないと申されて、諦められた様子にございます」

頷《うなず》いた影二郎は、

「必ず父が参られる。その折には事情が聞かれよう」

と言うと玄関先から奥へ向かった。

第一話　昔の夢

一

大目付常盤秀信の行列がその夕暮れ、嵐山の前に到着した。御城帰りの途中に立ち寄り、料理と酒を楽しむことが時にあった。

だが、本日の秀信の顔色は優れなかった。

影二郎が出迎えると、

「おお、来ておったか。ちょうどよかった」

と疲れを滲《にじ》ませた態度で、それでもどこか安堵《あんど》の表情を漂わせた。

秀信一人が二階座敷に上がり、供たちは階下の広間に入った。暖簾が下りているのだ、部屋はいくらもあった。

添太郎と若菜が二階座敷に酒と膳を運んできた。

「添太郎、相すまぬ結果になった。このとおり秀信、詫びる」

と営業が停止になったことを謝罪した。

「殿様、お頭《つむ》をお上げ下さい」

添太郎が慌てて秀信に言った。

「父上、水野様の改革はどこまで続きますので」

「それが私にも分からぬ。ともかく鳥居どのが張り切っておられてな、あれも駄目これも禁止と陣頭指揮だ。本日も城中で老中に五手《ごて》が呼ばれた」

五手とは寺社奉行、勘定奉行、町奉行の三奉行に大目付、目付を加えた幕府の高官五職のことだ。重大な裁きは老中立会いの下で五手が出席して行われることが多い。

「この席でなんでも倹約禁止の強行措置では町方の活気がさらに悪くなるという意見が出されたが、鳥居どのは天保改革の断行は徹底すべしと水野様のお考えを代弁なされて、押し切られた。同じ町奉行でも北町の遠山どのは、これでは江戸の灯が消える、あまり目くじらを立てるのもどうかというお考えでな、苦々しい顔であった」

「妖怪どのは聞き入れませぬか」

鳥居甲斐守耀蔵が妖怪と呼ばれて恐れられるのは、老中首座水野忠邦の全面的な信頼を得て強権を発揮する姿勢にあった。

妖怪の異名はその強面《こわもて》振《ぶ》りと名前の耀と官名の甲斐をかけてのことだ。

「退座される遠山どのの顔が怒りに染まっておった。そして、私にな、なんぞ言いたい風であったがそのまま引き下がられた」

影二郎はその場の雰囲気がなんとなく察せられた。

肥前唐津《ひぜんからつ》藩主の水野忠邦は寺社奉行などを歴任した後、天保五年に老中に昇進し、遠《えん》州《しゅう》浜松《はままつ》藩主に領地換えしていた。

この忠邦が幕閣で頭角を現してくるのは家斉の死後のことだ。

天保の改革の断行にあたり、忠邦は直属の支配下に守旧強権派の鳥居耀蔵から庶民の内情に通じた遠山景元、さらには穏健派の常磐秀信らを集めて、互いに競わせていた。

「父上、嵐山の商い停止はいつまで続きますので」

秀信が、
ふーうっ
と息をつき、

「それが分からぬで困っておる」

と答えた秀信が聞いた。

「添太郎、店を閉じることになるか」

「迷っておりましたがな、殿様の話を聞いて分かりました。この先の目処《めど》が立つとは思いませんん、まずは奉公人の行き先を決めねばなりますまいな」

と決然とした顔付きでいった。

酒を飲んでも秀信の表情は沈んだままだ。

秀信は嵐山にあること一刻《いっとき》余りで屋敷へと戻った。

見送りを終えた添太郎といく、影二郎の三人は居間に顔を揃え、若菜が茶を淹《い》れた。

「爺様、店を畳まれますか」

若菜が念を押した。

「店を畳むもなにも暖簾も上げられないじゃあ、致し方あるまい」

添太郎は何事か考えている風に思案の顔で答えていた。

嵐山には料理人ら男衆《おとこし》が四人、仲居ら女衆が五人いた。この奉公人の身の振り方に添太郎が頭を悩ましていることは確かだった。

「爺様、嵐山が店仕舞いに追い込まれるほどだ。料理人を新たに雇い入れる料理茶屋などあるまいな」

「ないな」

と添太郎が顔を横に振った。

「板前の弘三郎《こうざぶろう》は十六歳から三十余年の長きにわたり、うちで働いてきた。ほかの店が雇うといったところで移るまい。もっともそんな奇特な店があるとは思えないがねえ」

「当座の金子《きんす》を与えて辞めてもらうしか道はないかねえ、爺様」

といくが言い出した。

「それしか考えがつかぬ」

「爺様、九人にそれなりのものを与えるとなると何百両の額になりましょうな」

と若菜がそのことを案じた。

「まずは纏《まと》まった金子が二百両から三百両いるな」

と応じた添太郎が、

「若菜、影二郎、その程度の貯えはうちにあります、心配することはない」

「ならば、そう店仕舞いを皆に伝えますか」

「影二郎、なんぞ別の道があるかなしか二、三日、思案してからでも遅くはあるまい」

「そうですねえ」

と若菜が答えてその話題は終わった。

その夜、影二郎は嵐山に泊まった。

床に入った影二郎は若菜の芳《かぐわ》しい匂いを感じていると若菜の吐息が聞こえた。

「若菜はどうするな」

「どうするとは」

「店を畳んだ後のことだ」

「もはや若菜には行くべき土地もございませぬ」

「若菜、勘違い致すな。そなたはうちの家族だぞ。爺様、婆様は隠居の年じゃあ、だが、そなたは若い。二人の面倒だけで暮らさせるのは辛いかのうと思うたまでだ」

「影二郎様は若菜が家族と申されました。家族なればお二人の面倒を見るのは当たり前のことです」

影二郎は若菜の細身の体を抱き寄せた。

「弘三郎さん方を手放すことなく、なんぞうちで商いが続けられませぬかな」

「商いを続けるとな」

「お上のご状は奢侈《しゃし》・贅沢を禁ずることにございましょう。食べること凡《すべ》てを禁じられてはおりませぬ」

「担《かつ》ぎ蕎麦《そば》屋《や》のようなことか」

「はい。うちは食べ物を扱う奉公人がこれだけもいるのです。安くて美味《おい》しい食べ物を売る商いに転じられないかとふと考えたのです」

「考えたな」

二人は有明行灯《ありあけあんどん》に浮かぶ天井を見上げながら考えた。

「若菜、面白いかもしれぬ。だが、これもしばらく幕府と南町奉行鳥居耀蔵の様子を見てのことだ。まずは嵐山が店仕舞いをしたということをはっきりと相手に分からせねばならぬ」

「はい」

「それと料理人の弘三郎らと相談した上で時を置いて始めるのがよかろう。なんにしても来春かのう」

「それまで弘三郎さん方はどうしますか」

「しばらく国に戻るもよし、お伊勢参りを致すもよし、皆の自由にさせることだ。なんにしても幕府の出方を見るのが肝要だ」

「明日には爺様と婆様に相談してみます」

「うーむ」

と答えた影二郎は、

「爺様、婆様を連れて、江戸を離れるか」

とふいに言い出した。

「旅に出られるのですか」

「仕事ばかりで湯治にも行かれたことがないわ。この際だ、四人でどこぞの湯にでも行かぬか」

「お上のご意向に逆らってはおりませぬか」

「江戸を離れてみよ、幕府の意向もなにもあるものか。人は生きていかねばならぬのだ。わずかな楽しみまで奪うことはできまい」

頷いた若菜が呟《つぶや》いた。

「湯治にございますか」

「湯治場で一月ほどのんびり致さばじじ様、ばば様の溜まりに溜まった疲れもとれよう。その頃にはばたばたと出される老中の禁令も出尽くしておろう。さすればじゃあ、新しき商いの手立ても考えられよう」

「若菜も参るのですね」

「いやか」

「影二郎様もご一緒ですね」

「四人で旅などしたこともないからな。それに……」

「それになんでございますな」

影二郎は再び若菜の体を抱き寄せ、耳元に囁《ささや》いた。

「やや子が授かるやもしれぬ」

「まあ、なんということを」

影二郎の手が胸元の襟を探り、二人だけの長い夜が始まろうとしていた。


影二郎は朝餉《あさげ》の後、あかを連れて嵐山を出た。足を向けたのは浅草御蔵前通りだが、三好町の長屋ではなかった。

札差《ふださし》が並ぶ界隈もどことなく活気がない。だが、影二郎はどんな時代も巨万の富を稼ぎ出す者たちがいることを察していた。

老中首座水野忠邦がどのような考えであろうと、それを執行する役人らは必ずや抜け道を用意して、一部の御用商人と結託して金儲けに走るものだ。いや、幕府の政策を超えて、実際のこの世の中を動かしているのは商人であった。札差、両替商など豪商らは反撃の手を模索しているはずだ。水野の禁令をどう受け止めてどう利用するか、すでに動いている者がいるはずだと影二郎は確信していた。

朝餉の折に若菜と交わした話を添太郎といくに計った。

「なにっ、お上の御条例に掛からぬ商いを致すというか」

「もしそれができれば、弘三郎さんたちに辞めて頂くことなく時節を待てます」

若菜の答えにしばし考えた添太郎が、

「これから先無為に過ごすのも退屈と考えていたところだ。皆と相談してみるか」

「じじ様、だが、直ぐではないぞ。お上の禁令も朝令暮改だ。しばらく様子を見たほうがよい」

「いかにも影二郎のいうとおりだ。それにさ、新しい商いのことを考える時間も要る」

「そういうことです」

「影二郎、湯治なんぞ私は行ったこともないよ」

といくが半ば嬉しそうに半ば不安そうな表情をした。

「骨休みじゃぞ、ばば様」

「贅沢ではないかねえ」

「湯治場は自らが煮炊《にた》きして過ごすところだ。百姓衆は鍋釜食べ物を担いでこられてな、半月も一月も湯治で過ごされるわ」

「じじ様、冥土《めいど》の土産《みやげ》に湯治にいくかねえ」

「影二郎と若菜が一緒なれば安心じゃからな」

添太郎といくが若い二人の話に賛同し、まずは添太郎が奉公人らと今後の身の振り方を相談することになった。


あかが影二郎の顔を不思議そうな顔で見上げた。

三好町を通り過ぎたからだ。

「あか、ちとぶらぶらと町を歩いてみぬか」

主従は浅草瓦町に差し掛かっていた。

「糞っ、なにをしやがんで！」

「お上の御沙汰に逆らう気か！」

荒げた声が掛け合い、

「野郎、やりやがったな、もう勘弁ならねえ」

「大番屋にしょっ引いて後ろ手に天井から吊るそうか」

影二郎は表通りから一本入った瓦町の町会所の前の人だかりへと寄っていった。人混みの中、一際大きな男の顔が群集の頭の上に浮かんでいた。身丈《みのたけ》七尺はあろうか、顎が前へと突き出した男の横顔は魯鈍《ろどん》な表情を漂わせて、口の端からよだれが垂れ落ちていた。

その男は背に幟《のぼり》を背負い、それには、

「南町奉行所　御禁令取締隊」

と大書されていた。

南町奉行所の威光を翳《かざ》す御用聞きと手先が町内の若い衆と睨《にら》み合い、片方は十手を、もう一方は手鉤《てかぎ》を振り翳しているのを影二郎は群集越しに見た。

町内の会所には神田祭のために用意された山車が置かれ、その周りに町内の老若男女が集って、不運にも日の目を見ることのなかった山車を通りに引き出していた。

「年寄り子供が楽しみにしていた祭りだ。そいつが禁令でいけねえと抜かしやがる、せめて町内だけでも練り歩こうというのまでもがいけねえというのか。お上には情けはないのか、血も涙もないのか」

十手持ちに楯突《たてつ》いているのは町内の鳶の頭《かしら》だ。

「お上に血も涙もねえと抜かしたな、もう許せねえ。野郎ども、こやつをふん縛《じば》れ！」

御用聞きが叫んだ。

羽織の町役が両者の間に割って入ろうとするのを御用聞きの十手が閃《ひらめ》き、その額を殴りつけた。

「ら、乱暴な」

町役の額が割れて血が噴き出した。

「乱暴もなにもあるものか、町内じゅうをお白洲に引き出すぞ！」

鳶の連中と若い衆が無法に怒り、それぞれ得物を持って御用聞きに迫った。町役の年寄り連は騒ぎの場から子供たちを引き離して守ろうとした。

「てめえら、なにもしねえ町役の額を割りやがったな！」

鳶の頭が手鉤を手に御用聞きに迫った。

影二郎のところからは御用聞きの顔が見えなかった。

鳶の頭が動こうとしたとき、魯鈍と見えた巨漢の手が鳶の頭の顎を張り飛ばした。頭は横手にふっ飛んで地面に叩きつけられたようだ。

「この頭《ず》抜けの参五郎は江戸相撲の十両を張った男だ、腰を痛めなきゃあ、今頃は日下開《ひのしたかい》山《ざん》横綱を張っていた大力だ。てめえら、かかってくるなら、命を投げ出す覚悟で来い！」

と御用聞きが啖呵《たんか》を切った。

鳶の連中ももはや引っ込みがつかなかった。頭が顎を割られているのだ。

「許せねえ！」

一触即発、乱闘になろうとしたとき、影二郎が人混みを分けると騒ぎの場に立った。

「ちと乱暴に過ぎる」

と影二郎がまず御用聞きを見た。

「てめえはなんだ」
三十三、四歳の男と影二郎は向き合った。
御用聞きは顔の造作が万事大振りで役者顔といえなくもない。ぎょろりとした両眼から尖《とが》った眼光を放って油断がならなかった。

「この界隈に住む浪人者でな、親分、おまえの名はなんだえ」

「南町奉行鳥居耀蔵様から鑑札を貰い受けた小伝馬町の御用聞き、銀《しろがね》の玉吉《たまきち》というものだ」

「先代の玉吉父《とっ》つぁんは亡くなったか」

「そういうてめえはだれだ」

玉吉が影二郎を確かめるように睨み見た。

「夏目影二郎」

「あさり河岸《がし》鏡新明智流の鬼か」

「そう呼ばれた時代に先代とは付き合いがあった。先代には確か倅はいなかったと思ったがおまえは入り婿かえ」

「おおっ、先代に乞われて婿に入った」

「小糠《こぬか》三合もなかったか」

とにたりと笑った影二郎が、

「玉吉、神田明神の祭礼の真似事を町内でするだけの話だぜ。大目に見て綺麗に引き上げねえな」

「夏目影二郎、思い出したぜ。確かてめえは、御用聞きの聖天の仏七親分を殺《あや》めた男だな。そいつがなんで、江戸の町を大手を振って歩いていやがるんだ」

玉吉がぐいっと影二郎の顔に自分の顔を寄せ、

「てめえから伝馬町の牢屋敷に引っ張ろうか」

「止めておけ、この世の中には裏道もある。先代の父つぁんの面《つら》を汚すことになるだけだ」

「抜かしたな」

玉吉が顎をしゃくった。

幟を背負った頭抜けの参五郎が影二郎の横面を張り飛ばそうとした。

影二郎が気配もなく参五郎の内懐に、
するり
と入り込むと股座《またぐら》を蹴《け》り上げた。

ぐえええっ
と叫びながら腰を落とした参五郎が一、二歩後ろ下がりに後退したがさすがに相撲上がり、尻餅をつくことはなかった。それでも金玉を蹴り上げられ、激痛が走っているらしく、その場で身を捩《よ》じらせた。人混みから、
わああっ
という歓声が上がった。

「ざまあ見やがれ!」

そんな声も飛んだ。

痛みを堪《こら》えつつ反撃に出ようとする頭抜けの参五郎を銀の玉吉が制した。

「夏目影二郎、覚えてやがれ。この仇、必ず討つ。てめえの面の皮をひん剝《む》いてやるぜ!」

という捨《す》て台詞《ぜりふ》を残すと町会所の前から参五郎らを伴い、消えた。

「夏目様に迷惑をかけましたな、すまねえ」

と顔見知りの町内の顔役が言いかけた。

「勝手に騒ぎを大きくしたようだ」

「なんの夏目様が仲裁に入らなければ、この町内の者が大番屋に引っ張っていかれたのは

必定ですよ」
「まず頭と年寄りを医者に連れていくことだ」
影二郎の言葉に町内の衆の注意が二人の怪我人にいった。
その間に影二郎は人混みの外に出た。するとあかが、
すいっ
と寄って来た。

二

影二郎とあかが訪ねたのは、神田川右岸浅草御門《ごもん》近くの郡代屋敷だ。

この屋敷に大目付常磐秀信の密偵菱沼《ひしぬま》喜《き》十郎《じゅうろう》とおこまの親子が役宅を貰って住んでいた。

菱沼親子は元々勘定奉行公事方の役人であったのだ。

門番に断りを入れると娘のおこまが門前まで迎えに出てきた。

「お珍しいこともあるものですね」

幾多の死線を乗り越えてきた仲だ。

おこまが笑いかけ、門番に断ると、

「今日は主どのと一緒ですか」

と旧知の犬の頭を撫でた。

「風に吹かれて飼い犬ともども参った。喜十郎は在宅か」

「無聊《ぶりょう》を持て余しておりますよ」

おこまが御用かという顔付きで影二郎の顔を覗き見た。

「こちらも無聊を持て余して無駄話をしにきた」

「ならば昼酒なと呑みますか」

「それもよいな」

役宅は小さいながら一戸建てで庭が八十坪ほどついていた。

喜十郎は日の当たる縁側に将棋盤を出して詰め将棋をしていた。

「今日は風もなく穏やかにございますな」

「今日はよいが、馬糞混じりの木枯らしに何日も吹かれると陰気でいかん。それにあれもいかんこれもいかんの風も吹く」

「どうなされました、影二郎様」

「嵐山が商い停止になった」

「ついに嵐山にも及びましたか」

「水野様の政策をうんぬんしたくはないが、ちと重箱の隅を突《つつ》くが如きみみっちい話ばかりだな」

喜十郎が苦笑いした。

「神田祭も中止になり、芝居小屋も浅草田圃《たんぼ》に移転じゃそうな」

影二郎はたった今見聞した南町奉行所御禁令取締隊なるものを話した。

「鳥居様も律儀な方でございますからな、お触れはお触れとして杓子定規《しゃくしじょうぎ》に取り締まられます。下々の事情に精通なされ、融通無碍《ゆうずうむげ》の北町の遠山景元様とは正反対でございますよ」

「水野様はそれを承知で使われておるのか。どうも南町が過敏に走ると政情が不安になるやもしれぬ」

「打ち壊しにございますか」

「こうあれも駄目これも駄目ではな」

頷いた喜十郎が、

「嵐山はどうなされますな」

と聞いた。そこへおこまが酒の用意をしてきた。

影二郎は昨夜からの経緯《いきさつ》を告げた。

「お上が許される食べ物屋とはなんでございましょうな」

「それをこれから考えねばならぬのだが、まずはお上の出方を確かめねばなるまいて」

「無理なご改革はそう長く続くとは思いませせぬがな」

幕府の下僚である喜十郎も言った。

「影二郎様は嵐山のご一家と江戸を離れられますか」

「と思うておるがどうなるか」

日差しの縁側で大ぶりのぐい飲みで酒を二人の男は嘗《な》め合った。菜は白菜の漬けたものだ。唐辛子がぴりりと利いて美味《うま》かった。

「影二郎様、南町にございますがねえ、お奉行が鳥居耀蔵様に代わり、大騒動でございますよ。定廻《じょうまわ》り同心牧野兵庫《まきのひょうご》どのは定中役《じょうちゅうやく》同心に配置換えなされました」

「なんぞ不備があってのことか」

「不備もなにもございません。牧野様は御定法をゆるやかに考えられ、違反した者でも事情があれば、一、二度は目を瞑《つむ》られることもございます。それが町方と町人に信頼を生む因となるわけですが、新しく赴任なされた奉行には気に入らなかったようなのでございますよ。これをよいことに仲間内に奉行に讒訴《ざんそ》される方もあったようで、御定法《ごじょうほう》を曲げて手心を加えたとの理由で閑職に追いやられたのです」

「定中役同心とはなにをする役だな」

「まあ、手の足りぬところに派遣される予備軍、閑職にございます。長年、町方定廻り同心を務められてきた牧野どのには馴染みの商人や大名家からそれなりの付け届けもございました。だが、これで三十俵二人扶持《ににんぶち》だけで暮らさねばなりませぬ」

町方同心百二十人の中でも花形は、隠密《おんみつ》廻り同心、臨時廻り同心と定町廻り同心の三廻りであった。それが内勤の閑職では落差が大きすぎたし、実入りも減った。

「そなたも申したが無理な改革は長続きがすまい。牧野どのにもしばらく辛抱してもらうしかないか」

「牧野様に代わり定町廻り同心に抜擢されたのが間宮十覚《まみやじゅうざ》と申す元例繰方《れいくりかた》同心でしてね、銀の玉吉はこの間宮の鑑札を貰い受けているのでございますよ」

「なんとも世知辛い世の中になったものだな。一月とは言わず一、二年江戸を離れたくなったぜ」

「私ども親子は奉公人の身にございますれば、江戸を離れたくとも適いませぬ」

おこまが複雑な顔をした。

「影二郎様、銀の玉吉の一件ですがねえ、このまま済むとも思いません。野郎の昔を調べ直してみます」

「牧野どののこともある。例繰方の間宮ともどもなんぞ古傷はないか調べておいたほうがよいな」

「はい」

影二郎は一刻ばかり菱沼の役宅で時を過ごし、再びあかを連れて町に戻った。まだ夕暮れの刻限には間があった。

影二郎は訪ねるべき先を思いついた。

浅草新町に一万四千余坪の土地を所有し、太鼓、雪駄《せった》、武具に使われる革類を一手に扱う職人、売り子を統率し、長吏《ちょうり》、座頭《ざとう》、舞々《まいまい》、猿楽《さるがく》など二十九職を束ねる、「鳥越《とりごえ》のお頭《かしら》」

を久しぶりに訪ねようかと考えた。

承応《しょうおう》三年（一六五四）、前代が新町に移る以前に住んでいた鳥越の地名を冠して、未だ鳥越のお頭と呼ばれる人物は浅草弾左衛門《だんざえもん》その人だった。

夏目瑛二郎が父の秀信に反抗して無宿者影二郎として生きようと心に決めた頃、知り合った鳥越のお頭は、

「なんと親から貰った瑛の一字を影に変えて生きられますか。影二郎の影はかげとも読め、

われら同様、表に立てぬ意にございますな」

と影二郎の頑《かたく》なな心模様を理解して出入りを許し、可愛がってくれた。

そればかりか影始末の役を果たすことになった影二郎に一文字笠《いちもんじがさ》を贈って仲間入りを許してもくれた。

その笠の塗り重ねられた渋の下に、

江戸鳥越住人之許

の意の梵字《ぼんじ》が秘されてあった。

徳川幕府は将軍を頂点とした巨大な階級社会だ。それと同様な影の世界がもう一つ隠されていた。それが浅草弾左衛門を頭分にして表社会の徳川幕府と闇の世界を相似形に形成しつつ、江戸幕府を陰から支えていたのだ。

一文字笠の梵字は闇の社会の通行手形、仲間であることの証であったのだ。

「いや、待てよ。ひょっとしたら室町《むろまち》のお屋敷か」

影二郎の勘は弾左衛門が室町の屋敷にいることを訴えていた。

徳川幕府と闇世界が表裏一体であることは、御城近くの室町に町名主の樽屋藤左衛門《たるやとうざえもん》、喜多村彦右衛門《きたむらひこえもん》や古町町人と混じって、弾左衛門が二千六百坪の拝領屋敷を構えていることにも表れていた。

室町屋敷は表と闇が通じ合うただ一つの公式外交の場なのだ。

影二郎とあかは室町へと方向を転じた。

この室町屋敷の門構えはごく普通の長屋門であった。だが、中門になんと中爵《ちゅうじゃく》門が設けられていた。

中爵門は徳川の御家門と二、三の国持大名しか許されてない門だ。

影二郎は長屋門に立つ門番に、

「用人吉兵衛様がおられたらご挨拶したい」

と自ら名乗った。

しばらく表門前で待たされた後、影二郎とあかは中爵門へと案内された。

吉兵衛がいるということは主の弾左衛門は室町屋敷にいるということだ、どうやら影二郎の勘があたったようだ。

弾左衛門の支配する新町屋敷と室町屋敷には上役十五人、下役六十五人、小者七十人の重臣中級幹部が仕えて闇社会を動かしていた。

上役十五人のうち、三人が大名家でいう家老職だ。さらに三人が用人、三人が公事方奉行、二人が勘定奉行、二人が大目付、残る二人が郡代というべき役職を分担して、関八州全域の政務を司り、監督していた。

三人の中で一番古手の用人が吉兵衛老人だ。

「お珍しき方が見えられましたな」

髷《まげ》に白髪が増えた吉兵衛が腰を屈めて式台の奥から姿を見せ、中爵門に待つ影二郎を手招きした。

影二郎とあかは室町屋敷の内部へと足を踏み入れた。

室町屋敷は四十畳の大書院、十二畳の松の間、竹の間、梅の間、菊の間とあり、床の間、長押《なげし》の細工もまた大名屋敷と同様に豪奢な造りを許されて、ここが公館であることを示していた。

この室町屋敷には中爵門とは別にもう一つ北門があって、弾左衛門の家族が出入りする折に使われた。また、金子に困窮した大名大身旗本たちが普段は蔑《さげす》む闇の社会のお頭に借金を乞いに密かに訪れる門でもあった。

太鼓、草履、楽器、武具など弾左衛門が独占する革製品が稼ぎ出す金子は莫大であった。

「吉兵衛どのもご壮健の様子、なによりです」

「このように白いものが増えてそろそろお役目を遠慮しようかと考えております」

と笑った吉兵衛が、

「今日は犬連れか、ならば庭へと案内しましょうかな」

と気軽に玄関先の草履を突っかけた。

式台から右に回り込むと庭へ通じる枝折戸《しおりど》があって、手入れの行き届いた庭が広がっていた。

泉水に差しかけた紅葉の枝は半ば落葉して、水面に色とりどりの葉を浮かべていた。

当代の弾左衛門が縁側の前に松の盆栽を手に立っていた。

「無沙汰をしております。弾左衛門様、ご機嫌麗しき様子にて祝着《しゅうちゃく》至極《しごく》にございます」

「影二郎どの、鹿爪らしい挨拶は似合いませぬな」

と笑った弾左衛門が屋敷の縁側を指して座るように言うと、

「御用旅に出られますかな」

と聞いた。

「江戸にいてもあれも駄目これも駄目と申される御仁がおられますでな。祖父と祖母が営んできた料理茶屋が商い停止になったを機に、しばらく湯治へ年寄りを連れていこうかと考えております」

「ほう、嵐山も店仕舞いを命じられましたか」

弾左衛門は嵐山が影二郎の実家であることまでも承知していた。

「弾左衛門様、ご政道改革とはまっとうに暮らす人々までを苦しめるものですか」

「家斉様の時代が長く続きましたからな、大御所政治のせいで中奥よりは大奥に権限が移っております。それを中奥に取り戻さんと奔走《ほんそう》なされる水野忠邦様のお気持ちも分からぬわけではございません。が、ちと性急に走り過ぎておるようですな」

「先ほども南町奉行所御禁令取締隊なる馬鹿げた一団に会いました」

「目付から廻られた南町奉行どのが張り切っておられますな」

「この先、どうなりますので」

「私どももこの改革にどう対処したものか思案投げ首にございますよ」

と苦笑いした弾左衛門が、

「他力本願の幕閣に人材がございませぬ。水野忠邦様の政治、数年は続くものと覚悟しております」

「何年も続きますか」

「おそらく影二郎どのには水野様から次々に難題の影御用が降りかかろうと思われます」

「断れるなれば断りたいもので」

「父上常磐秀信様が水野様の支配下におられる以上、人質同然です。それもなりますまい」

ふーうっ

と思わず影二郎が溜息をついた。

弾左衛門がすいっと顔を寄せた。

「影二郎どの、江戸に騒乱が起きるようなれば、われらも立ち上がります。そなたはそのときどう動かれますな」

「弾左衛門様はそれがしに老中首座を暗殺せよと申されますので」

「御改革が行き詰まった折には外から力を加えるしかございますまい。大勢の人を泣かすのが天保の改革の趣旨では情けのうございます」

「………」

「影二郎どの、ともあれ水野様のお手並みを拝見するしかございませぬ。水野様とて改革には数年の時が要ります」

「江戸町民が我慢できるかどうか」

「なんとも申せませぬ」

と顔を元に戻した弾左衛門が、

「影二郎どの、そなたは高島秋帆《たかしましゅうはん》どのが指揮された西洋砲術の試射をご覧になりましたな」

「はい」

「高島様が試射なされた砲術ですら、ただ今の西洋諸国の砲術から見て何十年もの遅れをとっております。砲撃距離も命中精度も格段に優れた大砲を積んだ異国の軍船がわが海岸線にちらちらと姿を見せておる。そんな折、悠長にも御政道改革の時間はないのです」

弾左衛門の語調に苛立ちが混じった。

弾左衛門の支配下の情報網は幕府のそれよりもはるかに的確に機能していたのだ。それだけに内外からの危惧すべき状況を水野忠邦以上に闇社会のお頭、浅草弾左衛門が感じていたといえる。

「南町奉行鳥居様はただただ蘭学嫌いを任じておられるが、異国の軍船にどう立ち向かうというのでしょうかな」

弾左衛門の杞憂《きゆう》であった。

「弾左衛門様、われらが住む国土が危難に襲われるとき、夏目影二郎の腕、弾左衛門様に託します。なんなりと仰せ下され」

「大目付の父上を裏切り、老中首座水野忠邦様の命に背かれると申されるか」

「それが天下国家のためなれば致し方ございませぬ」

弾左衛門が首を横に振った。

「天下国家のためなどという言葉は捨ておきなされ。われらは日々の暮らしを大事に生きる民と一緒に生きていくだけ、ただそれだけにございますよ」

「いかにもそうでございました」

「影二郎どの、湯治で江戸を離れるときは行き先をこの弾左衛門にお知らせ下され」

と言った弾左衛門が聞いた。

「ところでどちらに行かれますな」

「未だ決めてはおりませぬ」

「ちと雪に難儀されるやもしれませぬが、草津に参られませぬか」

「ほう。草津ですか」

「白根山麓に湧き出ずる草津の湯は古くからの湯治場でございますし、湯質も湯量も豊かでございますよ。まずは夏目様のおばば様も喜ばれましょう」

と説明した弾左衛門が、

「またなんぞ面倒が起きたときには、草津の湯守《ゆもり》の長《おさ》、河原屋半兵衛《かわらやはんべえ》はわれらと関わりがあるものでしてな、なにかと便宜を図ってくれましょう」

「ならば草津と致しましょうか」

「河原屋半兵衛にはこの弾左衛門からも知らせておきますでな。湯治宿もご心配ございませんよ」

「よろしくお頼み申そう」

と答えた影二郎は縁側から立ち上がった。すると日溜りで寝ていたあかも起き上がった。

三

室町から三好町の市兵衛長屋への帰路、江戸の町に夕暮れが訪れようとしていた。

そして、再び乾いた風が吹き始めた。

旅人宿が多く集まる馬喰町《ばくろちょう》の裏手に一軒の煮売り酒場猪熊《いのくま》があった。

海坊主のような禿頭の親父、猪熊が主の店でこの界隈に暮らす駕籠《かご》かき、船頭、馬方、職人が馴染みの客だ。

影二郎は無頼の時代に始終顔を出していた店でもあった。

ふと思いついて影二郎は猪熊の名物、豆腐鍋を菜に酒でも飲もうと立ち寄ることにした。

店の前に若い猪熊が立っていた。

（どうしたことか）

影二郎は、一瞬時の流れが逆転したかと感じながらその姿を見詰めた。

なんとそれは猪熊の倅の今朝次《けさじ》だ。何年も顔を合わせないうちに今朝次はでっぷりと太り、親父同様に頭が禿《は》げて貫禄を付けていた。

まだ年は三十五、六歳のはずだ。親父の手伝いをしながら影二郎らと一緒に悪さをやった仲間でもあった。

「夏目瑛二郎さんかえ」

影二郎に気付いた今朝次が驚きの声を上げた。

「足はある、心配致すな」

「あさり河岸の若鬼があのまま姿を消すとも思っていませんや。なにはともあれ、おまえ様の顔に会えてうれしゅうございますぜ」

今朝次があかを見た。

「江戸にお住まいで」

「大川端の裏長屋に住んでおる」

影二郎は曖昧《あいまい》に答えていた。

頷いた今朝次が奥に向かって、

「酒を持ってこい。それに犬になんぞ食わせる餌はねえか」

と叫んだ。

猪熊の店の中は昔と変らず汗臭い男たちで満席だった。

今朝次は一つ残っていた小上がりに影二郎を招じ上げ、あかには土間の一角に座るよう命じた。

犬の扱いも手馴れたものだ。

あかも今朝次の貫禄に押されたように素直に従った。

二人は卓を挟んで向かい合わせに座った。

直ぐに熱燗《あつかん》に付けられた大徳利が運ばれてきた。

今朝次は茶碗を二つ出して、注ぎ分けた。影二郎に顔を寄せた今朝次が、

「聖天の仏七を夏目様が叩き殺したと聞いたときには溜飲が下がりましたぜ。おまえ様なら萌さんの仇を討たれると思ってましたからね」

二人は黙って茶碗酒を飲み干した。それで二人の間に横たわっていた何年もの空白は一瞬にして消えた。

「おれたちの仲間は喧嘩で命を落とすか島流しに遭うか、何人かは堅気に戻った者もおりますがねえ、無鉄砲な世界から悉《ことごと》く消えました」

「致し方ない話よ。過ぎ去った年月よりもはるかな時が流れたような気が致すわ」

「おれも夏目様も若かった。なんでもやれた、危ない橋も渡った」

「生き残ったのはおれたち二人だけか」

「いえ、もう一人おりやすぜ」

「だれだ」

「経師屋《きょうじや》の倅の平吉が親父の跡を継いで頑張ってまさあ」

「寒烏《かんがらす》の平吉か、家業を継いだか」

平吉は背中に寒烏の刺青《いれずみ》を彫り込んでいた。職人肌の厳しい親父に反抗して無頼の仲間に入ったのだ。

中背だが機敏な若者で、喧嘩となれば今朝次と競い合って仲間の先頭に立った。

店と家を兼ねた住まいは下谷広小路《したやひろこうじ》にあった。

「うちも平吉の家も親父が逝《い》っちまってねえ、そいつを機に商いに戻ったってやつだ。今じゃあ、倅のおれが親父の異名まで継いで猪熊と呼ばれてまさあ」

それが店の名でもあった。

「今朝次が二代目猪熊か」

再び流れた歳月を懐古するように影二郎が呟いた。

「平吉と飲んで酔うと決まって夏目様はどうしておいでかという話になりましてねえ」

「今朝次、いや、猪熊、おきみさんと所帯を持ったか」

無頼の頃、今朝次は乾物屋の娘のおきみと双方の親の目を掠《かす》めて付き合っていた。

「今じゃあ、三人の餓鬼の親ですぜ」

「そいつは目出度い」

「夏目様、なんでうちに足を向けられたんで」

「さてな、馬糞混じりの風に吹かれてかねえ。馬喰町を通りかかったら、ふいに親父どのの作った豆腐鍋で酒が呑みたくなったのだ。それも適わぬことになったか」

「豆腐鍋なれば今もうちの名物だ」

猪熊名物の豆腐鍋は土の小鍋に猪肉と豆腐を醬油と味醂《みりん》仕立てで煮たもので葱《ねぎ》がたっぷりと添えられていた。

「親父の味が出せるかどうか、たっぷりと食べていっておくんなせえ」

と猪熊となった今朝次が大声を上げて新たな酒と豆腐鍋を注文した。

「夏目様、聞いてようございますか」

「なんなりと聞け」

「今も役人に追われておいでですかえ」

「おれが島抜けをしてきたと思ったか」

「伝馬町の牢屋敷で流人船を待つ身だと聞いたのが夏目様、おまえさんの最後の消息だ」

「人ひとり殺した、それも十手持ちだ。まず生涯遠島が相場だ」

猪熊が頷いた。

「だが、猪熊、世の中には表もあれば裏もある」

「親父どのが勘定奉行公事方に就かれたことと関わりがございますんで」

猪熊はむろん影二郎が妾腹であることも父親が旗本無役であったことも承知していた。そして、勘定奉行に就いたこともどうやら知っていた。

曖昧に首肯した影二郎は、

「親父の尽力で牢から出された。今じゃあ、たれぞにおれの腕を売ったとでも思いねえ」

今度はやっぱりという顔で猪熊が頷く。

「ならば役人に怯《おび》えることもないんで」

「それはないがこの時世だ。嵐山も商い停止だ」

影二郎はわが身の話から話題を転じた。

「勘定奉行から出世なされた大目付のお父つぁんが後ろに控えていても駄目ですかえ」

「南町の鳥居の鼻息が荒い。婿養子の親父どのでは太刀打ちできねえ」

猪熊が笑い、ふいに厳しい顔に戻した。

「嵐山ばかりじゃねえや。平吉の経師屋も風前の灯だ」

「経師屋が、刷毛平《はけへい》が商い停止とはどういうことか」

　平吉の店の屋号は刷毛平といった。

「平吉の店の得意先は寺や大身旗本の屏風《びょうぶ》の仕立て、襖《ふすま》の張替えなど値の張る得意先が多い。それを昨今の高値、倹約のお触れに差し障りがあると脅す野郎がいやがるのさ」

「寒鳥の平吉を脅す野郎とはいったいだれだえ」

「夏目様、おまえ様に関わりがないこともねえや」

「おれに関わりがあるとな」

　影二郎は構えた。

「聖天の仏七の筆頭手先だった鉄砲町の勝五郎が今じゃあ、一人立ちして南町奉行所隠密廻り同心佐々木一心って悪同心から鑑札をもらっていらあ。この勝五郎が、平吉の昔の来歴をタネに刷毛平を脅して商い停止になりたくなくば、百両用意しねえと脅迫しているのよ」

「なんとのう、因果は巡るか。それで平吉はどうする気だ」

「百両で済むなら払いもしよう。だが、鉄砲町の勝五郎はおまえ様が始末した仏七に劣らず悪だ。一度払えば二度、三度と催促がくるのは目に見えている。だが、払わねえと今度は商い停止だ。どうしたものかと悩んでいらあ」

　影二郎はゆっくりと酒を口に含んだ。

「猪熊、おれの住まいは浅草三好町の市兵衛長屋だ。平吉に一度会いにくるように伝えてくれ」

「夏目様」

「仏七の子分の悪さで昔仲間が困っているとは気がつきもしなかったぜ」

「いいのかえ。再び同じ目に遭うことになるぜ」

「猪熊、昔より悪知恵もついている。わが身の始末くらいなんとでもなる」

「平吉が喜ぶぜ」

猪熊がにたりと笑った。

影二郎は二代目猪熊の豆腐鍋を堪能して店を出た。あかも豆腐汁をぶっかけた飯を貰って満足そうに主に従っていた。

夜になって風が止み、江戸の町を蒼い月が照らしていた。


翌日の昼下がり、市兵衛長屋の木戸口に経師屋刷毛平の主の平吉が着流しで立った。

井戸端にいたおたねの、

「旦那、おまえさんを訪ねてきた人がいるよ」

との大声に影二郎が顔を出すと平吉が腰を屈めて挨拶した。その様子はすっかり経師屋の主然としていた。が、上目遣いに油断なく窺う様子は寒鳥の平吉そのものだ。

「平吉、待ってくれ、直ぐ参る」

影二郎は着流しの腰に法城寺佐常と脇差を差し落とし、一文字笠を手に長屋を出た。するとあかが今日も供かという顔で影二郎を見上げた。

「あか、今日は長屋の留守を守れ」

あかが納得したように戸口の前の日溜りにとぐろを巻いて座り込んだ。

「平吉、久しぶりだな」

「夏目様こそご壮健でなによりでございました」

平吉は目を細めて影二郎を見た。

「猪熊にも申したが足はほれこの通りある」

「流人船に乗らずに済んで、ようございましたよ」

「親父どののお蔭だ。そのせいで一生親父どのの命には逆らうことができぬわ」

言外に大目付の影御用を務めていることを仄《ほの》めかした。敏感にそのことを察した平吉が、

「なんにしても嬉しゅうございますよ。あの頃の仲間は夏目様を入れて三人だけですからな」

「無頼の仲間が多いときで二十数人はいたか」

「いましたとも、あさり河岸の若鬼を頭にねえ。確かに無茶な悪さはしたが町の衆を泣かせるような真似は一切していませんや。それで堅気の世界に戻ることができました」

二人は肩を並べて市兵衛長屋を出た。

影二郎は近くの御厩河岸《おんまやがし》之渡し場に誘った。そこには乗り合い客のために数軒の茶屋や甘味屋があって、酒も供してくれた。

二人は渡し舟が大川を行き来するのが庭先から見える一軒の茶店の縁台に座った。

この日、馬糞風は止んでいた。それでもどことなく空気が黄色に見えた、雨が一月近くも降らないせいだ。

「平吉、背《せな》の寒鳥は元気か」

酒を注文した影二郎が聞いた。

「あれだけが無鉄砲をしていた頃の瑕《きず》ですよ。そのせいで町内の湯屋にいくにも日が落ちてからしか行けません」

平吉が苦笑いした。

「平吉、おれのせいで堅気に戻ったおまえさんに災難が降りかかっているってねえ」

「夏目様のせいじゃあございませんよ。すべてはこの私が若い頃にぐれたせいでねえ」

「堅気に戻り、しっかりと家業を支えている人間を天保の改革に事寄せて強請《ゆす》ろうなんて許せるもんじゃない」

「昨日も鉄砲町の勝五郎が面を見せましたよ。それも隠密廻りの佐々木一心という同心を連れてねえ」

「なんと申した」

「佐々木がうちの仕事振りを見てさ。上は公方様から下々まで倹約、節約に精を出さねばならぬとき、あまりにも豪奢なる書画や襖である、不届き千万と抜かしやがった」

平吉は怒りについ昔の口調を蘇らせていた。

「うちのは長屋の建具の張替えじゃねえや、寺や大店《おおだな》の注文だ。お代だって手間が掛かるわりには無闇に取っているわけじゃねえ」

「お上の威光を笠に着る連中は平吉、おまえがどんな仕事振りをしているかなんて関わりねえのさ。無理難題をふっかけて金子《きんす》を出させる、それが最初からの狙いだ」

「金子ばかりじゃねえや」

「どういうことだ」

小女が酒を運んできた。

影二郎は燗をされた徳利を摑むと平吉に、

「昼間からだが、昔馴染みが生きて会えたのだ。一杯いこうか」

と差し出した。

「すまない、夏目様」

「他人行儀はよしねえな。今は名を影二郎と替えた。影二郎、平吉でいこうか」

二人は酒を注ぎ合うと長い歳月を超えた放蕩《ほうとう》の時代を苦くも思い出すように飲んだ。

「平吉、佐々木と勝五郎の脅しは金子の他になんだ」

「おれが百両なんて払えないと断ると背中の寒鳥を町内じゅうにお披露目するといいやがった。そんなことは町内の方々はおよそご存じだ。だがな、影二郎さん、困ったことがある」

「言いねえ」

「おれの末の妹のおきくが十八歳になった。町内じゃあ、下谷小町なんて呼ばれていらあ」

「ほう、泣き虫おきくが十八歳か」

「来春には中橋広小路の小間物屋一扇屋さんの若旦那染太郎さんと祝言が決まっているんだ。それを勝五郎め、調べてきた」

「一扇屋におまえの放蕩時代を知らせると脅しやがったか」

「そういうことだ。おきくを呼びつけて、今じゃあ、刷毛平の主面《あるじづら》しているが、その昔、どれほどの悪だったか一扇屋さんはご存じねえようだ。おまえも知らぬ面して嫁にいくのかと妹まで脅しやがった」

「聖天の仏七もひでえ野郎だったが、子分も負けず劣らずのようだな」

「影二郎さん、おまえさんが賭場帰りの仏七を襲ったとき、銭箱を担いでいたのが勝五郎だよ」

「そのとき、親分同様に叩き斬っておくんだったぜ」

「仏七一人でよかったよ、こうしてあさり河岸の若鬼と会えたのだからねえ」

「若鬼といわれた年はとっくに過ぎた」

と苦笑いした影二郎が、

「平吉、こんどの一件は元を辿ればおれたちの無法の頃の付けが廻ってきておきくを苦しめることになったということだ。これ以上の迷惑はかけぬ」

「影二郎さん、迷惑をかけぬってどうする気だ」

平吉が影二郎の心中を覗き込む風に見詰めた。

「平吉、おまえは堅気に戻ったんだ。これ以上の詮索は止めにしておけ」

「いや、因果が巡ったのはこのおれのせいでもあるんだぜ。影二郎さんだけに働かせてのうのうとしていられるかえ」

「背の寒鳥が鳴くかえ」

と笑った影二郎がしばし考え込んだ。

「今度勝五郎はいつくると言ったかえ」

「明後日に百両きっちり揃えとけって言い残していきましたよ、つまりは明日だ」

「勝五郎に使いを出して手紙を届けさせねえな」

「手紙を」

「ああ、明日五つ過ぎにさ、新大橋東つめ御旅《おたび》の三春屋で会いたいという手紙だ。確かに百両は用意して持参するから佐々木一心同道の上に、もうこれっきり強請はなしという二人の証文がほしいと必ず書き加えるのだ」

「御旅の三春屋とはまた懐かしい名ですよ」

大川左岸に深川七場所と称された遊里があった。

その一つが御旅で新大橋の東詰めの北側に寄った河岸に幕府の御船蔵《おふなぐら》があり、その前の町屋を御船蔵前町といった。

この町には別に安宅《あたけ》という呼び名があった。それは将軍家の御座船安宅丸が廃船となって御船塚が建てられ、安宅と呼び習わされたからだ。

この安宅には比丘尼《びくに》宿があって春を鬻《ひさ》いでいたが、御旅はこの北隣にあって八幡様の御旅所があり、門前の町屋を御旅町と称されていたのだ。

　この御旅にも和泉屋、三春屋、関本、小玉屋、藤田屋と五軒の妓楼《ぎろう》があってそれぞれが十人前後の女郎を抱え、酒を飲ましていた。

　深川七場所の岡場所としては、

「中品中生《ちゅうぼんちゅうしょう》」

　で、

「昼夜金二分二朱、但し昼三つ夜二つ」

　として、若い影二郎たちは船着場を裏手に持つ三春屋を仲間の寄り合い場所に気軽に使い、女郎と遊び、酒を呑み、博奕に明け暮れていた。

「影二郎さん、三春屋に呼び出してどうするね」

「その先は平吉、おまえさんに関わりのないことさ」

「呼び出しの手紙を書くことだけがおれの仕事ですかえ」

「堅気の人には無縁のことだ」

「影二郎さん、こいつはうちが蒙《こうむ》った一件ですよ。おまえ様に任せたとのうのうとしていられる寒烏の平吉じゃないよ。一役、私にも出させてほしい、頼まあ、影二郎さん」

　平吉は影二郎に迫った。昔に戻ったような顔付きにしばらく思案した影二郎が、

「場所が場所だ。佐々木一心と鉄砲町の勝五郎は舟で来よう、そのときのことだ……」

と最後の指図をした。

四

経師屋刷毛平の主平吉と別れた影二郎は、浅草寺門前西仲町の嵐山に足を向けた。

むろん嵐山は今日も暖簾を下ろしたままだ。

玄関先には料理人の弘三郎がいて、所在なげに庭木を見ていた。手に剪定鋏《せんていばさみ》を持っているところを見ると、枯れ枝でも切ろうとしていたか。

「暇を持て余しているか」

「へえっ、若旦那」

と答えた弘三郎が、

「大旦那から話がございました」

「どうするな」

「お触れに引っかからない食い物屋を始めるという、若菜様の考えに感心しましたよ。うちばかりじゃあございません、どこもが苦しいんだ。ならばこの時節を乗りきるしかございませんや」

「板前のおまえが団子でも田楽でも作るというのなら、まだ嵐山も生き残る道はある。なにを商うか、じっくりと互いに思案しようか」

「へえっ、店開きは年明けと大旦那に聞きました。その間に上総《かずさ》の故郷に戻り、わっしなりに考えてきます」

「お上の申されることだ。しばらく時節を待てば弘三郎が腕を振るえるときが再び戻ってこよう」

「若旦那、それまで大旦那と女将《おかみ》さんをよろしく頼みます」

「若菜といっしょに、じじ様とばば様の面倒は見る」

弘三郎が大きく頷いた。

居間に行くと添太郎といく、それに若菜が茶を喫していた。

「今、店前で弘三郎と話をしました」

「お出でになっているなんてうっかりして気が付きませんでした」

と若菜が謝った。

「聞いたか。弘三郎から」

「板前の弘三郎が手助けしてくれるのはなんとも力強いことです」

奉公人全員に聞いたところ、弘三郎のほかに男衆一人と女衆二人が店に残ることになった。残りの五人はこれを機に家の職を継いだり、嫁にいく口があるというのでな、それなりの金子を与えて暇を出すことにしました」

「それはようございました」

「明日、明後日内にも残る者も去る者も実家などに戻って嵐山からいなくなる」

「ならば皆を送り出した後、四人で湯治に参りましょうぞ」

「影二郎、湯治と申してどこへ行く気か」

添太郎がそのことを案じた。

女二人も興味津々に影二郎を見た。

「上州の名湯草津はいかがにございますか」

「名代の草津か。行きたい訪ねてみたいとかねがね思うてはおりましたがな、この時期だ。道中雪に難渋せぬかな」

「道中駕籠か馬を雇いますれば大丈夫にございましょう」

影二郎は弾左衛門が支配する関《かん》八州の湯治場であれば、道中どこでなにが起こっても弾左衛門の連絡網《つなぎ》を使うことができるとその世話になることを決めていた。また湯守として河原屋平兵衛なる人物が草津に住まいしていることも、年寄り連れの旅だけに心強かった。

その裏手の東側に大川に沿って幅四間ほどの堀が延びていて安宅、御旅の岡場所があった。

三春屋の船着場もその中ほどにあった。

猪牙舟を戻すとふらりと三春屋の表に立った。

まだ夜見世前で明かりが点《とも》されてなかった。だが、人の気配に番頭が立ってきた。どことなく覇気《はき》を置き忘れたような影だった。その目に着流しに長身の浪人がひっそりと立っているのが映った。

「華六《かろく》、堅固でなによりだな」

華六、と呼ばれた番頭は土間の薄明かりを透かし見た。だが、覚えがなかった。

「だれだえ、親しげに私の名を呼ぶのは」

影二郎が一文字笠をゆっくりと脱いだ。

息を飲んだ華六が、

「ま、まさか、夏目瑛二郎様じゃあるまいな」

「そのおれだ、華六」

「ああたが惚れた吉原の小見世の女郎の仇を討ったと聞いたとき、楼じゅうの女郎が泣きましたぜ。うちにも瑛様のような方がいれば命を投げ出したってかまわないってねえ」

と叫んだ華六がきょろきょろと表を見るふりをして、

「追われておられますので」

と聞いた。

「ちと事情があってお天道様の下を歩けるようになった。華六、昔馴染《なじ》みの頼みを聞いてくれぬか」

「なんでございますな」

「五つの時分、南町の隠密廻り同心佐々木一心と御用聞きの勝五郎がここにくる手筈を勝手に整えた。寒鳥の平吉に会うためだが、呼び出した平吉は姿をみせない。嫌味なんぞを言われるかもしれぬが酒でも飲ませて一刻ばかり引き止めて帰してくれぬか」

「佐々木一心と鉄砲町の勝五郎ですかえ、一番性質《たち》の悪い町方ですぜ。弱いものと見るととことん苛《いじ》めやがる。経師屋に戻った平さんもなんぞ苛められていますんで」

「そんなとこだ。三春屋もなにかされたか」

「女郎は食い物にする、ただ酒は飲む。この商いで一番困るのは客をいじられることだ」

「それも今晩かぎりだ」

「夏目様」

と華六が、

ごくり
と唾を飲んで影二郎を見た。

「あやつらの飲み食い代だ、三途《さんず》の川の渡し賃と思えば高くもねえ」

影二郎が華六に一両小判を投げた。

器用に片手で受け取った一瞬、華六は昔、影二郎たちと悪さをしていた時代に戻ったような生気に満ちた。

「こいつはさ、おれと華六さんだけの内緒ごとだぜ」

「合点承知だ」

影二郎がすいっと姿を消した。

華六は夢でも見たような顔付きで一両を眺め、

「夏目瑛二郎が、あさり河岸の鬼が生きていたよ」

と嬉しそうに呟いた。


影二郎が予測したように猪牙舟を勝五郎自ら櫓《ろ》を握り、佐々木一心を乗せて三春屋の裏手に着けた。

それから一刻余り酒を呑み、女郎をいたぶり、料理を食い散らした二人が怒りも露わに猪牙に戻った。

送りに出たのは番頭の華六一人だ。

「いいか、華六。もしこの後、寒烏の平吉がここに駆け付けるようならば、こう命じてくれ。明日約束の二倍のものをもって、鉄砲町に面《つら》を出せとな」

「へえっ、伝えます」

と答えた華六が猪牙舟の舳先《へさき》を手で軽く押し、

「またのお越しを待ってます」

「用事でもなければ、小便臭い御旅なんぞに来れるかえ」

悪態を捨て台詞にした勝五郎が竿を突いて、猪牙をまず竪川《たてかわ》の一ツ目之橋へと向けた。

（おめえらの行き先は地獄だよ）

華六が胸の中で呟いた。

御船蔵が墓石のように夜空に並んで聳《そび》え、場所が場所、刻限が刻限だけに人の気配もない。

「旦那、寒烏め、百両の工面がつかなかったかねえ」

「刷毛平の得意先はどれも大物ばかりだ。刷毛平には八百や千両の小判がないはずはねえ。野郎、百両が惜しくなりやがったか」

「百両を惜しんで高くつくってやつだ。明日には野郎を締め上げます」

「どっちにしろ、刷毛平の身代と妹を食い尽くすさ」

「水野様も、お触れがこんな風に使われているとはご存じあるめえ」

と嘯《うそぶ》く勝五郎の目に提灯の明かりがちらちらと見えた。

水上ではない。

御船蔵の敷地と石置き場の間の狭い空き地のようだ。

「あんなところに人がいやがるぜ」

「夜釣りか」

「小便臭い堀で魚が釣れるとも思えねえ」

と答えた勝五郎が、

「あっ」

と叫び声を上げた。

「寒鳥め、こんなとこで待ち受けていやがったぜ」

「昔仲間を呼び集めたか」

佐々木一心が腰の刀をぐいっと捻って身を明かりに向けた。

「どう見ても一人だねえ、旦那」

「野郎、百両を値切る気かねえ」

勝五郎が猪牙の舳先を平吉の立つ空き地の岸へと、
とーん
と着けた。

平吉はおいでおいでをして空き地の奥へと身を引いたようだ。

「どんな趣向か、お手並み拝見するぜ」

八丁堀の道場で五指に入る一刀流の腕前に居合術の免許持ちの佐々木が岸に飛んだ。

勝五郎も竿を立てて、猪牙を止め、前帯の十手を抜くと佐々木に続いた。

御船蔵と石置き場の空き地は堀と大川の左岸の間に長く延びていた。

二人の目には地べたに置かれた提灯の明かりだけが見えた。

「平吉、出てきやがれ！」

勝五郎の声が夜空に響いた。すると大川端の方角から一つ影が浮かんでゆっくりと歩いてきた。

「旦那、平吉め、銭で浪人を雇いやがったぜ」

「おれと鉄砲町の勝五郎を始末するためにか。なんにしても高くつく話だぜ」

と佐々木が言いながら巻羽織を脱ぎ捨てた。だが、その視線は影を見詰めたままだ。

一文字笠に着流し、六尺の痩身《そうしん》が提灯の明かりの輪の中へと入ってきた。右手は袖に入れられたままだ。

「てめえはだれだえ」

勝五郎が十手を突き出して誰何《すいか》した。

「昔馴染みだ、勝五郎」

「そ、その声は……」

「聖天の仏七があの世に行った晩もこんな風だったな、勝五郎」

「あさり河岸の若鬼、夏目影二郎か」

「あんとき銭箱担いで震えていた子分が、今じゃあ親分面して江戸の町人を泣かせているそうだな」

「てめえは島流しに遭ったんじゃねえか」

「いや、勝五郎、こやつの親父は大目付の常磐秀信だ。裏で小細工して伝馬町から抜け出てきやがったんだぜ」

と佐々木一心が影二郎の代わりに答えた。

「旦那、ちょうどいいや。こやつの首を鳥居の殿様にご披露しましょうぜ」

「歳暮の時期だ、悪い話じゃねえ」

南町奉行所隠密廻り同心佐々木一心と御用聞きの鉄砲町の勝五郎が、じりじりと未だ袖に片手が入ったままに立つ影二郎に迫った。

間合いが四間を切った。

ゆっくりと影二郎の右手が袖から出た。

佐々木一心は腰を沈めてさらに居合の間合いへと詰めてきた。

そのかたわらでは勝五郎が十手を突き出して従っていた。

大川端の暗がりでは二人が息を飲んで対決を見入っていた。

刷毛平の主の平吉と猪熊の主の今朝次だ。平吉に話を聞いた猪熊は我慢し切れず平吉の猪牙に乗り込んだのだ。

間合いが二間を切り、一間半に迫った。

佐々木はあと半間と居合術の一撃にすべてをかけて間合いを詰めていた。じりじりと爪《つま》先《さき》を影二郎の不動の構えの前へと進めた。

その直後、我慢が仕切れなくなったか、勝五郎が、

「野郎、喰らいやがれ！」

と十手を振り翳して突進した。

勝五郎は、この間合いならば影二郎が刀を抜くよりは十手が眉間《みけん》を割るのが早いと読ん

だのだ。

空き地に旋風が巻く勢いで走り寄る勝五郎を存分に引き付けた影二郎の腰が沈んだ。

同時に右手が閃き、腰間から光が疾《はし》った。

南北朝期の名鍛冶法城寺佐常が大薙刀に拵《こしら》え上げた刃を一尺五寸三分で刀身に鍛《きた》え代えた一剣が光になって円弧を描くと、突進してきた小太りの勝五郎の脇腹から胸部へと深々と斬り上げた。

神業とも思える速さだった。

ぐええっ
と立ち竦む勝五郎の体の陰から佐々木一心が襲いきた。

影二郎は勝五郎の右手を駆け抜けた。

血飛沫《ちしぶき》を振り撒いて立つ勝五郎を挟んで、佐々木と影二郎の位置が変わった。

居合の一撃に賭ける佐々木は未だ剣を抜いてなかった。

影二郎の先反佐常《さきぞり》は虚空にあって、ゆっくりと八双《はっそう》の構えへと引き付けられた。

勝五郎の体がぐらぐらと揺れていたが、
ずでんどう
と横倒しに倒れた。

その動きに重なるように佐々木が影二郎の内懐に飛び込み、林崎夢想流《はやしざきむそう》の抜き打ちを使った。

佐々木の上体が前屈みになり、頭を下げた構えの下で剣が抜き放たれた。

影二郎は八双の佐常を上から覆い被せるよう擂《す》り合わせた。

ちゃりん
と刃と刃が当たり、火花が散った。

佐々木は必殺の一撃を外されたとみると擂り合わせた剣で影二郎の反りの強い刃を押し上げ、鍔《つば》迫《ぜ》り合いに持ち込もうとした。

力ならば自信があった。

だが、影二郎は強引とも思えるほど押し込んでくる佐々木の力に抗することなく、するする
と下がった。下がりながら佐常を前へと弾いた。

刃と刃が離れた。

佐々木一心は離れた刃に再び力を与えて、眼前に立つ一文字笠の影二郎の首筋に落とした。

影二郎は佐常を脇構えへ移行させ、掬《すく》い上げた。

それは戦いを遠くから見物する二人の目には止まらなかった。
清流の岩場を躍り上がる岩魚《いわな》のようにただ白い魚体が光った、それだけだった。
二人の剣者が互いに踏み込み合い、技を出し合った。
佐々木の剣が影二郎の首筋に届く寸前、反りの強い佐常の刃が佐々木の下腹部を撫で斬り、
すうっ
と刃が斜めに抜けた。
影二郎の体が佐々木の左側を走り抜け、佐々木の剣が空しく虚空に落ちた。その勢いで佐々木の体がさらに前屈みになり、
よたよた
と前のめりによろめいた。
影二郎が血振りを呉れた。
佐々木一心が顔から突っ込むように空き地に転がった。
「すげえぜ、寒烏」
猪熊が呆然と呟いた。
「あさり河岸の若鬼けほんものの鬼になって戻ってきやがったぜ」

二人は昔の悪時代に戻ったように言い合った。

提灯の明かりが消えた。

御船蔵と石置き場の間の空き地に薄青い月光が落ちていた。

その明かりで戦いの場に影二郎を探すと影二郎は佐々木と勝五郎が乗ってきた猪牙に乗ったか、すでに姿を消していた。

「夏目様はおれが見物にきたことを承知だぜ」

猪熊が呟いた。

「今朝次さんよ、どうする」

「平吉、おれたちはもう堅気よ。たった今、見たことは夢だぜ」

「ああ、昔の夢だ」

二人は首を同時に竦《すく》めると、自分たちが乗ってきた舟へと戻っていった。

第二話　地吹雪草津《じふぶきくさつ》

一

上州の山間は白一色に染められて、さらに深々と雪が降り積もっていた。ここは江戸にも知られた名湯草津への峠道、小雨村《こさめ》だ。

雪が五寸ほど積もる山道を三丁の駕籠と荷駄が連なり、その先頭には一匹の赤犬が立ち、その後を一文字笠に南蛮外衣《なんばんがいい》を痩身に纏った浪人が歩を進めていく。

犬の背中にも一文字笠の上にも雪が積もっていた。そして、南蛮外衣にも湿った雪が張り付いていていた。

いわずと知れた浅草西仲町の料理茶屋嵐山の一家が草津に湯治にいく姿だ。

江戸から中山道《なかせんどう》の本庄宿まで二十一里十四町を三日かけて進んできた。

急ぐ旅ではない。年寄りと女を連れてての旅だ。時に馬や駕籠を使ってののんびり旅だった。

本庄で中山道に分かれて沼田街道を五料《ごりょう》、前橋と鰍沢追分《かじかざわおいわけ》で吾妻《あがつま》川ぞいに中之条村を目指した。

この夜の泊まりの中之条村の旅人宿は駕籠屋も兼ねていた。そこで草津までの通し駕籠を願った。

「旦那、この先の峠道は雪模様だ。草津の旅籠はどこだえ」

と中之条村の旅籠兼駕籠屋の主が足元を見るようにいった。年寄り女連れとみて値を吹きかけようというのか。

「旅籠はまだ決めてない」

「いきなり行っても四人に犬連れ、早々に草津に湯治宿があるものではないがねえ」

「そなたが仲介してくれるというか」

「それもこれも値次第だ。一丁一両、三丁で三両はどうだえ」

「なかなかの値だな」

中之条村から草津まで慣れた駕籠屋なら一日の道中だ。それも天候次第だ。

「ならば他を当たることだ」

「草津に湯治宿は決めてはないが、まず湯守の河原屋半兵衛どのの家に参る」

「なんですって、おまえさん方は河原屋の親方を頼っていくのかえ」

影二郎は一文字笠を脱ぐと渋の間から浮かぶ梵字、

「江戸鳥越住人之許」

を駕籠屋の主に見せた。

主が目玉をぐるぐるさせて、

「おまえ様方は浅草のお頭の知り合いにございますか」

と口調が変わった。

「入魂《じっこん》の付き合いを許してもらっておる。河原屋の親方も弾左衛門どのの口利きだ」

「そいつを早く言ってトさりゃ、恥を掻くこともなかったんだ」

と嘆いた主が駕籠かきを集めて、

「いいかえ、お仲間だ。草津まで遺漏ねえよう無事にお届け申すのだ」

と命じてくれた。

どうやら旅籠と駕籠屋を束ねる主は浅草弾左衛門と関わりがあるらしい。

翌朝七つ、三丁の駕籠と一行の荷を積んだ馬は吾妻川沿いに進んでいった。

渓谷沿いの街道には雪はなかった。そのせいで道中は捗《はかど》った。

「影二郎、見てみよ、岩場を流れる清流の美しいことをさ」

添太郎も至極ご機嫌だった。

「わたしゃ、胸ん中がせいせいしますよ。嵐山が商いを止められたことなどすっきりと忘れました」

といくも叫ぶ。

渓谷沿いの道に慣れた駕籠かきたちだ。添太郎らを疲れさせないように川原湯まで一気に運んできた。

到着したのは昼前の刻限だ。

「どうだ、草津の湯まで今日中に行けそうか」

駕籠かきの兄貴分に相談すると、

「山中五里ほど残ってますがねえ、まだ日も高いや。お客人も元気そうだし、まずは大丈夫だろうぜ」

駕籠かきたちも草津まで行きたい様子だ。

「ならば参るか」

一息入れた後、長野街道で吾妻渓谷を草津口まで進み、そこから白砂川ぞいの峠道に差し掛かった。

天候が変わったのは峠に差し掛かってのことだ。

日が落ちるのと勝負になった。雪道が明るいので進めないこともない。人馬の跡を辿って一刻余り難行苦行した末に峠の頂に達した。

ほっとした顔の駕籠かきがいった。

「旦那、雪の間に見える湯煙が草津だぜ。これからは下りだ、滑らないように気をつけなせえ。もう少しの辛抱だ」

「おまえ方ももう少し頑張れ。今宵は草津泊まり、好きなだけ酒を飲ませるからな」

と互いに励まし合いながら、下り道にかかった。

「影二郎様、そなたとあかだけに寒い思いをさせて申し訳ございませぬ」

若菜が駕籠の中から申し訳なさそうに謝った。

「おれもあかも旅は慣れておるわ、心配するでない」

と答えた影二郎の目にも雪を積もらせた草津の里が大きく見えてきた。

雪を被った湯治宿の屋根が小さな窪地を囲み、その窪地から硫黄臭の漂う湯煙が盛んに雪空に向かって上がっていた。

さらに四半刻《しはんとき》下ると草津の里外れに到着した。そこには臨時に設けられたような木戸番所があった。

八州廻りの下役人が往来する人に監視の目を光らせていた。

「江戸からの湯治客にござる、通させて頂く」

影二郎が声をかけた。

「待て、道中手形を見せよ」

横柄にも役人が影二郎にいった。

「年寄りに女連れ、草津に年明けまで逗留いたす。怪しげなものではないわ」

「関東取締出役八巻玄馬《やまきげんば》様の木戸である、手形がなくば戻られえ」

影二郎は横柄な下役人の態度に怒りを覚えていた。だが、年寄り連れの旅の最中だ、諍《いさか》いを続ける場でもない。

どうしたものかと思案する影二郎に下役人が囁いた。

「この地には国定忠治の一統が潜んでおるとの情報によりこうして木戸を設けておる。滞在中の安全料を一人頭何がしか支払われるなれば手形の一件見逃そう」

「なんと申したな」

影二郎の声音が険しくなった。

そのことを心配した若菜が、

「影二郎様、年寄り連れにございます」

と駕籠の中から注意した。

影二郎はぐうっと堪えて応じた。

「八巻とやらに申せ。木戸料を欲しくば草津の宿まで取りに来いとな」

影二郎は駕籠かきたちに、行け、と命じた。

下役人は迷った風な態度で小屋に走り戻った。上役に相談するつもりか。

だが、影二郎らはずんずんと最後の坂を下った。

家並みの坂道を曲がると湯治宿らしい風情が表戸や低い二階の窓に見られるようになった。

六つ半（午後七時）過ぎ、湯煙の上がる湯畑に到着した。

「じじ様、ばば様、草津に到着しましたぞ」

影二郎の声にすだれが上がり、添太郎といくが湯畑から立ち昇る湯煙の多さにびっくり仰天した。

辺りは雪と湯煙で煙っていた。

若菜は駕籠かきに頼み、草履を履いて駕籠から降ろしてもらった。

「ここが名にしおう草津の湯にございますか」

石塀に囲まれた湯畑は縦四十二間余り横十二間もある巨大なものであちらこちらから煙が噴き上がり、何本もの樋《とい》が湯の中に走って湯滝へと下っていた。

湯煙は高い地熱が大気に触れて急に冷えるせいで立ち昇るのだ。

添太郎も駕籠から下りて、

「おうおう、樋を伝ううちに湯が冷えて、湯の花が白く樋の下に溜まってますよ」

と珍しげに覗き込んだ。

この湯畑を囲み、湯治宿が建ち並んでいた。さらに高台には神社や寺が湯畑を見下ろすように並んで囲んでいた。

駕籠かきの一人が湯畑の一角にある湯守小屋に走った。そして、直ぐに初老の男を伴ってきた。

「夏目影二郎様にございますな。浅草のお頭から文を貰い、今日か明日かとお待ち申しておりましたよ」

「河原屋半兵衛どのか、造作をかける。弾左衛門様にはすべて半兵衛どのに願えと言われてきた。年寄り連れの湯治にござる。まず宿の手配を願いたいのじゃが」

影二郎の応答に大きく頷いた半兵衛が、

「旅籠は取ってございますよ。ほれ、この中屋の離れ屋を夏目様の滞在先に用意してございます。ただ今ご案内申しますでな」

湯治宿中屋は湯畑を見下ろす東側にあって、総二階造りだ。二階の手摺《てすり》には取り忘れた手拭が干されてあった。

一行は半兵衛の案内で中屋の玄関先に回ると半兵衛が客の到来を告げた。

「半兵衛さん、江戸から客人が着かれたか」

主と思しき中年の男が姿を見せて、

「中屋庄五郎にございます。遠路はるばる雪道をさぞお疲れでございましょう」

影二郎は雪を被った南蛮外衣と一文字笠を脱いだ。

「江戸は浅草門前で料理茶屋を営んでおります添太郎と申します。これにおるのは古女房に孫の夏目影二郎と嫁の若菜にございます」

「おう、犬連れで湯治とは珍しゅうございますな」

庄五郎が呆れ顔であかを見た。

「此度《こたび》の天保のご改革で料理茶屋を続けることは適わなくなりました。これを機に湯治をと思い立ち、眷属《けんぞく》に犬まで連れて参りました。迷惑かな」

添太郎があかのことを気にしながら聞いた。

「離れ屋には土間もございますぞ。筵《むしろ》を敷いて寝床を作ってあげます」

荷駄から荷が下ろされた。

まずはと添太郎と女二人とあかが離れ屋に案内され、影二郎は中之条村から同行してき

た駕籠かきに、

「そなたらの宿はどこだな」

とそのことを心配した。

「わっしらの宿は河原屋の親方の家と決まってますんで」

影二郎は駕籠と荷駄の代金に存分な雪道の苦労賃を加えて支払った。

「旦那はわっしらのお仲間と聞いております。こいつは存分なお代にございますよ」

と駕籠かきの兄貴分が驚いて返そうとした。

「年寄りたちがあの峠道を越えられたのもそなたらのお蔭だ、気に致すな。ほれ、このとおり礼を申す」

「旦那、帰りもわっしらを呼んで下さいよ。江戸までと申されれば必ず無事にお届け致しますからな」

空駕籠を担ぎ、空馬を引いた男たちが中屋の前から姿を消した。

「夏目様、なんぞ足りないものがございましたら、中屋でもうちでも申し付けて下さいな。直ぐにお届けに上がりますからにな」

「親方、改めて礼に伺う」

「永の逗留にございましょう。暇の折に江戸の話を酒の肴《さかな》に聞かせて下さいな」

と半兵衛が言い、

「湯はまず滝の湯が目の前です。今日は万病疲労回復の湯で疲れと寒さをとって下さい」

と湯滝前の湯屋を差した。

「あれが湯か」

「草津にはいくつも源泉がございますでな、明日から湯巡りをなされ。だが、皮切りは滝の湯ですよ」

半兵衛が最後に言いおいて駕籠かきたちの後を追った。

影二郎は番頭に案内されて母屋の土間廊下を通り、裏手の高台へと連れていかれた。

江戸から来た裕福な湯治客のためだろう、中屋の母屋を見下ろす雪の庭に二棟の離れ屋が建っていた。その玄関先からは湯畑の煙を見ることもできた。

あかはすでに離れの一軒の土間の一角に敷かれた筵の寝床にいた。

板の間の囲炉裏には赤々と薪が燃えて、江戸からの客を迎えていた。土間には炊事も出来る竈《かま》が設けられ、煮炊きが出来るようになっていた。

奥の間からいくと若菜が姿を見せ、

「二間の座敷があります。湯治宿と申しますから相部屋とばかり思うておりました。勿体無いような湯治ですよ」

と若菜が影二郎に説明した。

「湯守の半兵衛さんから、くれぐれも大事な客ゆえ粗相のないようにと命じられております」

と番頭が言い、

「まずは皆様、湯に行かれませぬか。夕餉はその間に用意させてもらいますでな」

「影二郎、そうさせてもらおうかのう」

添太郎の言葉に影二郎は手にした南蛮外衣と一文字笠を若菜に渡した。若菜が受け取り、雪に濡れた外衣と笠を土間の片隅に干した。

上がり框《かまち》に座した若菜が、

「お刀を」

と影二郎に言いかけるのを、中屋の番頭が料理茶屋の老夫婦と孫の侍の夫婦連れを不思議そうに見た。

影二郎が法城寺佐常を抜き、若菜に渡した。

脇差は用心のために湯まで携えることにした。

湯仕度を終えた四人は、

「あか、待っておれ」

と旅の供に声をかけると再び湯畑へと下りた。

草津の筆頭滝の湯では行灯の明かりが湯屋をくまなく照らしていた。が、湯煙であまりにも広い脱衣場も湯船もおぼろにしか見えなかった。

どうやら男も女も一緒の混浴らしい。若菜は一瞬驚いてたじろぐ様子を見せたが、

「若菜、この湯煙ですよ、古浴衣を羽織っていればだれも気にはしますまい」

といくが言い、

「郷に入れば郷の喩《たと》え、失礼しましょうか」

と若菜も覚悟したようだった。

下帯一つになった添太郎を伴った影二郎は湯船の前に座らせ、

「じじ様、雪道の寒さなんぞは吹き飛ぶぞ」

と何杯も湯を添太郎の肩からかけた。

「おおっ、気持ちがいいわえ。途中、江戸に引き返そうかと思うたが我慢はするものだな。このような極楽が待ちうけていたぞ」

添太郎が嬉しそうに孫の世話を受けた。

添太郎がゆっくりと湯船に浸かったのを見て、影二郎もかかり湯をして添太郎のかたわらに身を入れた。

湯煙の向こうで若菜といくが湯船に入るのが見えた。

「ばば様、長生きはしてみるものじゃな、このような極楽に巡りおうたぞ」

「じじ様、あれも駄目これも駄目のご政道のお蔭を以ちまして、湯治に来ることが出来ましたよ」

といくも喜色を発して皮肉を飛ばした。

夕餉の刻限のせいで湯船には客の姿は少なかった。それでも遅く着いた湯治客や旅人の姿がちらちらと見えた。

「じじ様、広い湯をわれらで貸しきりのようだな」

「これで長生きが出来るわ。影二郎、常磐の殿様もときには怖い奥方様のかたわらを離れて湯治に来られればよいものをな。命の洗濯ができるというものだ」

「養母上《ははうえ》の目が光っている内は父上も湯治などとのんびりした暮らしは思いもよりませぬ」

嵐山を店仕舞いして春先まで湯治に行くという添太郎に常磐秀信が、

「路銀の足しにせよ」

と五十両届けてくれた親切をふと思っていた。その折、

「添太郎、それがしも気を遣うご政道から身を退いてそなたらと湯治に行きたいものだ」

と羨ましそうに嘆息したという。

「父上ばかりか水野忠邦様を始め、幕閣の方々も湯に浸かり、頭をすっきりなされるとちっとはましの考えも浮かぼうというものです」

影二郎の言葉に湯船の端でばちゃばちゃと反応した者がいた。

武家のようだ。

だが、それも新たに湧き上がった湯煙に紛れた。

四人は体の芯まで滝の湯で温まり、雪道を中屋に戻った。湯へ行くときは寒さに体が縮むようであったが、帰り道は雪の冷気が火照った顔や体を冷やしてくれて気持ちがよかった。

離れに戻るとあかが満足げな顔をしていた。

空の丼があるところを見ると宿の女衆に餌を貰ったとみえる。

囲炉裏の自在鉤には鉄鍋がかかり、囲炉裏端には四つの膳が用意されていた。

草津は越後の海から魚が運ばれてきて、山中でも新鮮な魚を食することが出来た。そのせいで海の幸山の幸に恵まれていた。

囲炉裏の灰には竹筒が立てられて、青竹の筒に酒の燗がつけられていた。

「たまには他人様の作ったご馳走を食べるのもいいもんだな」

「明日からは若菜が三度三度の仕度を致します」

若菜が言う。

お櫃《ひつ》を運んできた小女《こおんな》が、

「朝餉まではうちで用意致します。その先は自炊なさるもよし、中屋のご飯を食べるもよし、お好きにして下さいと主からの言付けです」

「ありがとう」

若菜が礼を言ってお櫃を受け取った。

添太郎は影二郎から竹筒の酒を注《つ》がれて破顔した。

「ばば様、若菜、熱燗じゃぞ」

影二郎が三人に酒を注ぎ、若菜が影二郎の酒器を満たして、

「長旅であったが来てよかったな。まずは草津に着いた祝い酒じゃぞ」

との添太郎の音頭に、四人は竹の香が染みた酒をしみじみと飲んだ。

二

翌朝、影二郎は独り湯に行った。

まだ年寄り夫婦も若菜も深い眠りの中にあった。さすがに江戸からの旅の疲れと草津に着いた安堵に眠り込んでいた。

「あか、一緒に来ぬか」

飼い犬を誘うと土間の寝床から伸びをしながら立ち上がった。

影二郎は脇差だけを着流しの腰に差し、一文字笠を被って離れの戸を静かに開いた。

朝ぼらけの中、雪は風花のように静かに舞い落ちていた。

影二郎とあかは離れから中屋と隣の旅籠の間の路地を抜けて湯畑に出た。そこには湯治の客がすでに湯に向かう姿があった。

影二郎とあかは湯に行く前に湯畑を見下ろして建つ光泉寺の石段を上がり、中屋の離れよりも高いところから湯畑の湯煙を眺め、寺にお参りした。

光泉寺は真言宗の古刹《こさつ》である。養老五年（七二一）、行基《ぎようき》によって開山された奈良、長谷寺の末寺であった。

本堂のご本尊は薬師如来と千手観音であった。

あかは広い境内でたっぷりと小便をして腰を振った。

お参りする間に朝が明けた。だが、雪が降っているせいで光が差し込むわけではなかった。

再び石段を下りると湯畑から流れ落ちて滝と化した滝ノ下に回った。

影二郎らが昨夜入った滝の湯は湯畑から流れ落ちる湯を溜めたものだ。

影二郎とあかは湯畑から木樋が町下へと延びているのを見て、それを伝って湯治宿が並ぶ雪道を下った。すると町の辻に一軒の湯屋があった。

小さな湯だ。

「あか、待てるか」

影二郎の言葉に湯屋の軒下の戸口にあかが座り込んだ。

「よし、待っておれ」

影二郎は戸を押し開き、湯屋に入った。

湯船と脱衣場だけの小さな湯だった。湯煙の向こうに土地の年寄りが湯に入っているようで白髪頭が浮かんでいた。

影二郎は脱いだ小袖に脇差を包み、脱衣籠に忍ばせると手拭だけを手に洗い場に入った。

「相湯を願おう」

「どうぞご自由になされ」

土地の古老が短く応じて湯から上がった。

影二郎は年寄りに代わり湯に身を浸けた。滝の湯よりもどことなく円《まろ》やかな湯触りだ。

湯船の端に丸く大きな頭が一つ、表に背を向けて浮かんでいた。

影二郎とその客だけが湯船にいた。

脱衣場では古老が衣服を身につけている気配が窺えた。

湯船にとくとくと湯が流れ落ち、時に湯船からこぼれ落ちた。それだけが湯の中の物音だった。

ふいに湯が揺れて、大きな頭がこちらを向いた。

髭面に長い眉毛、ぎょろりとした大目玉が鈍い光を放っていた。

常に荒野に身を置く野良犬の警戒心を、ずんぐりとした短軀肥満の体と猪首《いくび》の上の面構えから漂わせていた。

「南蛮の旦那、おまえさんとはよくよく湯で縁があるな」

影二郎が目を凝らすまでもなく、しわがれ声は八州廻りに追われる国定忠治その人だ。

この秋、忠治は川越藩前橋陣屋の鉄砲屋敷を襲い、洋製元込め式の連発短筒十八挺と大量の銃弾を強奪する騒ぎを起こしたばかりだ。

「おまえが湯治とは上州一帯は平穏と見える」

苦笑いした忠治が、

「八州廻りに追い込まれて草津の湯に逃げ込んだところよ」

「里外れに臨時の木戸が設けられていたがあれか」

「新任の八州廻りの八巻玄馬って野郎の知恵だ。なかなかの玉だぜ。先手先手と先回りして手勢の少なくなった国定一家を追い散らしやがる。親分のおれを孤立させる策だな」

と言いながらも忠治は平然としたものだ。

「玄馬自ら草津に出張っているのか」

昨夕の横柄な下役人の態度を思い出しながら影二郎は聞いた。

「いや、未だだ。玄馬が来た日にゃあ、こうのんびりと湯にも浸かれめえ」

忠治の丸い顔が笑った。

「年の瀬だぜ、年の瀬の湯治場を騒がすな」

「旦那、八巻玄馬一行が姿を見せる前にわっしらも消えるさ」

忠治は蝮《まむし》の幸助《こうすけ》ら手下たちが近くにいることを仄めかした。

忠治が一声かければ百や二百の渡世人たちが集まってきたという威勢はない。幕府が次々に繰り出す八州廻りに追われて、一人二人と腹心の手下たちを捕縛され、殺されて孤立させられようとしていた。

つい最近も上州玉村宿の渡世人主馬《しゅめ》は子分の藤助、徳造、和吉の三人を伴い、忠治の腹心中の腹心、山王の民五郎を襲い膾《なます》に切り刻んだ末に忠治派の質屋に首を持ち込み、十五両を質屋からせしめていた。

八州廻りの中川誠一郎の手先でもある主馬には忠治も手を焼いていた。だが、上州で義賊と謳《うた》われた侠客《きょうかく》国定忠治には見逃せないことだった。

怒り心頭の忠治は主馬の首を付け狙うことを上州一円に公告していた。

むろん中川誠一郎ら八州廻りもこの暴挙を見逃すはずもない。

八州廻りと忠治一派の必死の暗闘が繰り返される最中の、忠治との再会だ。

「主馬の首は討ったか」

影二郎が聞いた。

「首を甲羅に竦めやがった。なかなか表に面を出さねえや」

八州廻りの手にして渡世人と二足の草鞋を履く主馬の首を取るのに忠治も苦労をしているらしい。

「若菜の一件ではおまえ方に世話になった。おれがやることがあれば言え」

つい最近のことだ。

川越城下に墓参りに行った若菜が何者かに拘引《かどわか》される事件が出来《しゅったい》した。幕府の練兵場の徳丸ヶ原《とくまるがはら》の洋式大砲の試射の最中、盗まれたエンフィールド銃を巡る事件に巻き込まれてのことだ。

影二郎は若菜の身柄を取り戻すために国定忠治一家の手を借りた。

「旦那の手を借りるときはいよいよ忠治が危なくなったときよ。そのときが来ねえことを
おれも願っているがねえ」

五尺一寸の身丈にして二十二貫を超える達磨のような体付きの忠治が湯煙の中に立った。

そして、険しい顔で言った。

「にっちもさっちもいかなくなった時にゃあ旦那に頼もう」

「承知した」

湯が揺れて、忠治が洗い場に上がった。

影二郎は一人になった湯船に長々と手足を伸ばした。

戸口が開く気配がして雪混じりの風が、
ひゅっ
と影二郎の首筋に当たった。

忠治が外に出ていったのだろう。

あかが一声吠えて見送る気配がした。

影二郎は体の芯まで湯に浸かり、上がった。

「あか、よう待ったな」

戸口で忠実に主の命を守っていた飼い犬の頭を撫でると辻の湯から湯畑へと戻った。湯畑の周りには大勢の湯治の客が往来していた。

「朝湯にございますかな」

袖無しの綿入れを着た湯守の河原屋半兵衛が影二郎の姿を見て、声をかけてきた。

「嵐山のご一家は先ほど滝の湯に入られましたぞ」

添太郎たちも目を覚まして湯に行ったようだ。

「どうです、渋茶なんぞを飲んでいかれませぬか」

「馳走になろう」

湯守の河原屋半兵衛は、無数の草津の源泉を管理する親方のようだ。湯畑の近くの坂に湯守小屋というには大きな二階家を構えていた。それに草津の湯守は伝馬宿から飛脚屋の仕事まで請け負うなんでも屋でもあった。

総二階造りは草津に湯治客を送ってきた馬方やら駕籠かきのほか、浅草弾左衛門支配下の者たちを宿泊させる部屋も備えていると思われた。

広い土間の一角に囲炉裏が切られ、その周りに腰掛代わりの切株が置かれてあった。

薪が燃え、自在鉤に掛かった鉄瓶がしゅんしゅんと湯気を上げている。

「親方、中之条村の連中はもう立ったかな」

「江戸に戻る客がちょうどおられてな、一行を中山道の本庄宿まで送る約束が整い、夜明け前に立っていったよ」

「そいつはなによりだ」

雪の峠を空荷で越えるより客連れのほうがなんぼか稼ぎがいい。

「親方、里外れに八州廻りの木戸が設けられてあるがいつものことか」

「八巻玄馬様の臨時の関にございますな。草津に入る街道口にはどこも木戸が設けられましたので。江戸にも知られた草津の湯ですよ、関所なんぞはまっぴら御免だ。国定忠治親分の捕縛を名目に警護料と称して湯治客一人から一朱、人によっては一分も吹きかけて徴収しておられるのでございますよ。草津には一日何百人もの湯治客が参られます。八州廻りの八巻玄馬様の懐には莫大な金子が入る仕組みにございます」

「八州廻りといえば幕府の下僚だぜ、途方もない話だ」

幕府は文化二年（一八〇五）に関八州の無宿者、渡世人などの取締りのために新たな関東取締出役を設けた。通称八州廻りは寺社、勘定、町奉行の三奉行の手形を持ち、天領、私領の別なく立ち入って、悪盗の探索捕縛が出来た。

この八州廻りに任命されるのは江戸周辺の代官所手代など三十俵三人扶持か、二十五両五人扶持の下僚に限られていた。

八州廻りを設置して長い年月が過ぎると当初の目的も使命も忘れ、八州廻り自体が大きな権力を持って私利私欲に走るようになっていた。

影二郎は父の常磐秀信の命で腐敗した六人の八州廻りを始末していた。このことが父と水野忠邦の影御用に就《つ》くきっかけとなったのだ。

「私も長いこと湯守をしておりますが、このようなことは初めてにございます」

と言いながら半兵衛が茶を淹れてくれた。

「ただ今の関八州では国定忠治親分の捕縛の名目なれば何事も大概大目に見られます。むろん草津で得られた金子の一部は、江戸のどなたかの懐に流れ込んでおりましょう」

影二郎の粛清から再び時が過ぎ、新たな腐敗が生じてきたようだ。が、八州廻りの始末を命じた秀信は八州廻りを監督する勘定奉行公事方を離れて大目付の職に移っていた。

「親方、肝心の忠治は草津に潜伏しておるのか」

影二郎はただ今別れたばかりの渡世人のことを聞いてみた。

「さあてどうでございましょう。忠治一家の手勢が少なくなったとはいえ、大勢で来られていれば直ぐに分かります。もっとも上州一円であれば親分一統を匿《かくま》う人はいくらもおられましょう」

半兵衛はどうとでも受け取れる返答をした。

「もし、忠治親分がこの近くに潜んでおられるのならば、あの木戸を放っておかれるはずもございません。なにしろ親分は天保五年に野州大戸の関所を抜けて名を売った方だ。その忠治親分が上州草津の木戸を許されるはずもございませんよ。私どもはねえ、八巻玄馬様一行が峠越えをして草津に入られる日にひと悶着あるんじゃねえかと考えておるのでございますよ」

半兵衛の言葉はそれを期待しているのだと影二郎の耳には響いた。となると、忠治の八州廻りが草津入りする以前に立ち退くといった言葉は虚言となる。

中屋の離れに戻ってみると添太郎らがすでに湯から戻り、囲炉裏端には朝餉の膳が出ていた。

「別の湯に行かれましたか」

若菜が立ち上がってきて影二郎から手拭を受け取り、聞いた。

「滝の湯を下った辻の小さな湯に入った。同じ草津の湯でも少しずつ湯の感触が違うぞ」

「ならば、私どもも昼からは別の湯に参りましょうかな」

「若菜、それがいい」

朝餉は塩鮭に温泉で茹《ゆ》でた卵、ぜんまいの塩漬けに大根の味噌汁だった。

「おばば様と話し合いましたが、朝餉は中屋で頂き、昼間はどこぞで軽く済ませ、夕餉は私どもで作ることになりました。湯畑に朝市が並ぶそうです、夕餉の菜を買いに参ります」

「折角の湯治だ、そう働くこともないからな」

四人は朝餉の箸《はし》をとった。

「山中ゆえ米がまずいかと思うたが、なかなか美味しいな」

添太郎が米に関心を示した。

「中屋様では越後の米を求めておられるそうです」

「道理でな」

と若菜に返事した添太郎が、

「あとでばば様と寺参りをすることになった。夕餉の買い物は影二郎と若菜に任せる」

と若い二人に気を遣った。

「影二郎様、中屋さんの台所で蕎麦《そば》打ちを習うことにしました」

「江戸は蕎麦食いが多い土地柄だぞ、田舎蕎麦の打ち方を習ってなんぞ役に立つであろうか」

影二郎は若菜が春明けから始める商いに蕎麦をと考えてのことだと推測して答えた。

「影二郎、江戸の蕎麦はあれはあれで美味しいよ。だが、田舎蕎麦の味も捨て難いものですよ。江戸には上州から出てこられた方も多く住んでござろう。意外とあたるかもしれませんよ。なにはともあれ、知恵や技をつけることはよいことです」

といくが影二郎を窘《たしな》めた。

「影二郎様、商い商いと考えますと窮屈にもなります。私はこの機会になんでも教えて頂きたいのです」

と若菜も口を揃えた。

朝餉の後、片付けを終えた若菜と影二郎は再び湯畑に下りてみた。

雪は止んでいた。

近郷近在の百姓衆が農作物やら搗《つ》き立ての餅、川魚の甘露煮、山菜から野沢菜、竹笊《たけざる》やら竹籠、さらには上州草津八景と経木に名所絵を刷った土産品やら湯の花などを並べての朝市が開かれ、大勢の湯治客を集めていた。

その一角では地熱を利用して茹《ゆ》でた地卵やら蒸かし饅頭《まんじゆう》が売られていた。

饅頭を買った若菜に影二郎が、

「温かいうちに食するのが美味かろう」

と二つに割った饅頭を食べて、

「これは美味いぞ、若菜も食べてみよ」

と残りの半分を渡した。

「人前で行儀が悪うございます」

「なんのここは草津の湯だ。ほれ、見ろ、どなたもこの場で食べるのが流儀だぞ」

と亭主が押し付け、ならばと一口食べた若菜が、

「あれまあ、これは栗餡《くりあん》にございますな。ほんのりと甘く、ほんにおいしゅうございますよ」

と喜んだ。

この当時、砂糖は貴重品で饅頭には使われることは滅多になかった。それだけに栗を潰した餡は素朴な味わいだった。

「江戸で売る場合は蜂蜜《はちみつ》などを加えるとよいかもしれませんな」

若菜の頭には商いのことが離れないらしい。

そんな二人の周りから、
すうっ
と人影が引くように消えた。

影二郎が見ると臨時の八州廻りの木戸役人が、小者たちに六尺棒を構えさせて取り囲んでいた。

「湯治場で無粋な格好じゃが、なんぞ用事か」

「昨夜、木戸を無断で押し通った所業、怪しげである。木戸まで同道せえ、厳しく詮議致す」

手代が御用風を吹かせて叫んだ。

「関東取締出役八巻玄馬の草津入りを待ったほうがいいんじゃやねえかえ」

影二郎がわざと伝法な口調で応答した。

「八巻様を呼び捨てに致すとは不届き千万である」

「国定忠治の取締りに事寄せて、湯治の方々から木戸の潜り賃をせしめようという魂胆が気にくわぬ。八巻玄馬を八巻玄馬と呼んでなにが悪いものか」

と八巻の名を呼びながら、なにか胸の奥にかさこそと立ち騒ぐものを感じていた。だが、それがなにか直ぐには気付かなかった。

「おのれ、言わせておけば」

顎の張った手代が、
それっ

と小者たちに合図をした。

「若菜、離れておれ」

買い物をした品々を抱えた若菜がすうっと身を引いた。

着流しに一文字笠を被った影二郎は一歩ずいっと出た。

小者が左右から六尺棒を振るって殴りかかってきた。

「これでも喰らえ！」

影二郎が飛燕《ひえん》のように飛んで右手から襲い掛かる小者の内懐に入ると、手刀で六尺棒を握る手首を叩いた。すると相手は思わず棒を離した。

六尺棒を奪い取った影二郎の手刀が立ち竦む小者の首筋を再び打つと、

「あっ」

と叫んでその場にへたり込んだ。

一瞬の早業だ。

「囲め、囲んで打ち据えよ！」

と叫んだ手代二人も成り行きに刀を抜いた。

「止《や》めておけ、恥の上塗りじゃぞ」

影二郎の平静な言葉にいよいよ頭に血を上らせたか、八州廻りの下僚たちが影二郎に一

斉に打ち掛かった。だが、あさり河岸の、
「鬼」
と呼ばれた男が六尺棒を構えているのだ、敵うはずもない。
散々に叩かれ、突かれ、払われて、弄《もてあそ》ばれた六人の手代と小者が雪の湯畑に転がった。
見物の衆から、
わあっ
という歓声が沸き、木戸番の下役人たちは這々《ほうほう》の体《てい》で湯畑から逃げ去った。

三

影二郎は若菜を中屋の離れに送り届けると再び湯畑に出た。

一文字笠を被り、肩には南蛮外衣をかけていた。供にあかが従っているのはなにか異変を感じたせいか。

主従は河原屋半兵衛を湯守小屋に訪ねた。

「先ほど見物させてもらいましたよ」

「茶番だな。だが、此度は年寄り、女連れの旅ゆえどんな災難が降りかかるかも知れぬ。

八巻玄馬の手先の人数はいかほどか、承知しておこうと思うて聞きに参った」

「八州様の手先ですかえ。ただ今のところ夏目様が下ってこられた小雨村の木戸に十人、信州からの渋峠、山田峠からの信濃口に七、八人でしょうかな。両刀をたばさむお侍は、先ほど痛いめに遭った手代の彦坂新太郎《ひこさかしんたろう》様を始め五人ほどです」

顎の張った手代が彦坂らしい。

「信濃口はこの雪にも木戸を閉ざしていないのか」

「草津でこの雪にございますよ。六千尺を超える渋峠は深い雪に閉ざされ、街道を使うのは猟師くらいのものにございましょう。ですが、忠治親分一統が雪深いことをよいことに信濃境へと逃げるかもしれぬというので、木戸は今も設けてございます。両方の木戸とも鉄砲を備えてございますそうな」

「二つの木戸を合わせて二十人足らずか」

木戸番が主たる任務だ。さほどの余力はないなと影二郎は思った。

「ちと気になる噂が今朝方草津にもたらされました。飛脚の話ですがな、夏目様」

「なんだな」

「八巻玄馬様一行が今日の夕刻にも草津に到着なされるということです。問題は八巻様の連れにございますよ」

「連れとな」

「国定忠治親分の捕縛のために野州の渡世人にして御用聞きの矢板《やいた》の寅五郎《とらごろう》一家を引き連れているという話にございます。その人数、浪々の武術家を加えて三十人とも四十人ともはっきりはしませぬ。ですが、八巻様が忠治親分の捕縛に大勢の手下を抱える二足の草鞋の力を借りたのは確かなようです」

「毒をもって毒を制するの手か。代官所の下僚から抜擢された八州廻りの考えそうなことだな」

影二郎が苦笑いした。

「雇われ剣客の中に凄腕の者が加わっているということです」

「ほう」

「京から流れてきた公家侍とか。なんとか一刀流の達人、西念寺《さいねんじ》一傳《いちでん》とかいう北面《ほくめんの》武士《ぶし》だそうですよ」

「天保の大飢饉でだれもが腹を空かせておるからな。怪しげなものが八州廻りに雇われておっても不思議ではあるまい」

「なんにしてもひと悶着《もんちゃく》ありそうだと草津の町の衆は怯えてますよ」

昨日、忠治の木戸破りを期待するように響いた半兵衛の口調は微妙に変わっていた。

「湯治の方々に迷惑がかかるようではのう」

影二郎は一文字笠の紐を締めた。

「どちらへ参られるので」

「信濃口の木戸を見物して参る。なあに無聊に任せてのことだ」

「雪が深うございます、草鞋に履き替え、かんじきをお持ちになりませぬか」

半兵衛が持ち出したかんじきは頑丈な木の枝と蔓で造られ、四本の木爪が付けられていた。

「かんじきの上にぴったりと縄で結わえつけることが肝心でございますよ。ほれ、このようにな」

半兵衛は手本を見せてくれた上に紐の縛り方に歩き方まで伝授してくれた。

影二郎は草鞋の上にかんじきを履いて歩く稽古を土間で繰り返した。

それでも不安に思ったか、半兵衛は先端に小さな木箆《きべら》がついた六尺棒を持ち出して、

「私どもは万棒《よろずぼう》と呼んでおりますがな、こいつも持参なさると雪道の助けになりますよ」

と渡してくれた。

「借り受けよう」

影二郎は南蛮外衣を体に纏うと万棒の先にかんじきを括《くく》り付け、

「夕刻前には戻る」

と湯守小屋を出た。

湯治宿が軒を連ねる雪道をあかといっしょに草津の西外れへと進んだ。

雪の間から湯煙が上がり、日本一の湯治場の名に恥じぬ風景があちこちに見られた。

ふいに家並みが途切れ、両側の雪の壁の間に一本だけ道が延びていた。

標高六千六百余尺の白根山を巻くように山田峠から渋峠を越えて信濃領に通じる道だ。間違いようもない。だが、土地不案内の影二郎にはどの峰が白根山か、あるいは未だ白根山は見えないのか分からなかった。

さすがに往来する旅人はいなかった。

影二郎はかんじきだけを負い、万棒を杖代わりにして雪道を進んだ。

ゆるく蛇行して進むかたわらから湯煙が憤き上げて、その西の河原だけには雪が見られなかった。

雪を被った柿の木に一つだけ柿の実が残って、孤鳥が突《つつ》いていた。

あかが吠え立てて、鳥を追い払った。

硫黄臭が漂う道をさらに進むと、

ずぼりずぼり
と膝まで雪に埋まるようになった。

あかは四足を上手に使い、雪に埋もれないように前進した。

「あか、待て」

影二郎は雪道に腰を下ろしてかんじきを履くとしっかりと紐を縛った。万棒の篦《へら》を雪道について立ち上がり、歩いてみた。

「これならば雪道も歩けそうじゃぞ」

再び主従は前進を開始した。

信濃への街道を進むこと一刻半、天から雪が降ってきた。

「無理かのう」

影二郎があかに話しかけたとき、雪の土手上から声が降ってきた。

「南蛮の旦那、無理はしねえこった」

顔を上げて確かめるまでもない。国定忠治配下の蝮の幸助だ。

影二郎がすでに雪が降り積もった一文字笠の縁を片手に押し上げると、幸助が街道のかたわらの雪の土手上に立っていた。

「どこへ行きなさる」

「信濃口の木戸を確かめようかと思うて出てきたが、難儀しておる」

「それならばここから見えますぜ」

幸助が上がってくるように道を指し示した。その方角に回り込むと、雪の壁の間に狭く踏み固められた階段が作られてあった。

「旦那の顔を最後に見たのは広瀬川の流れの中からだったな」

影二郎が幸助のいる小高い雪山に上ると、忠治の一の子分がいった。

「前橋陣屋をじっとりとした暑さが覆っていたな。おめえは八州廻りの中川誠一郎の手代に追われて、流れに身を沈め、河童《かっぱ》みたいに下流へと流れていったっけ」

「何ヶ月もしねえのに、あのうだる暑さからこの雪の原だ。どっちにしろよ、八州廻りに追われてのどたばた旅だ。旦那は湯治だってねえ」

「江戸も住み辛い。老中首座の水野様の改革が矢継ぎ早に出されて、年寄り夫婦がなんとかやってきた料理茶屋も商い停止だと申す。そんなわけで致し方なく年寄りと女を連れて湯治にきたのよ」

「うれしい話じゃねえな。若菜様はお元気ですかえ」

「中屋の離れにいる、会いに行ってくれ。喜ぶ」

「大手を振って歩ける身分じゃないからね」

と苦く笑った幸助がさらに激しく降り出した雪の原の一角を指した。

「旦那が覗きにいこうという信濃口の木戸はあれよ。往来する人もいねえのにご苦労なこったぜ」

「木戸を見張っているのか」

「朝晩とな、動きを確かめているんだ。逃げ回るには相手の動きを突きとめてなくちゃあな」

と答えた幸助が言い足した。

「旦那、あのまま進んでいたら鉄砲で狙い撃ちされたぜ」

「信濃からの峠は雪で閉ざされたか」

「白根山は背丈ほどの雪ですっぽりと埋まっていらあ。春先まで人は通れねえぜ」

囲炉裏の煙だろう、降り積もった木戸番小屋の屋根の下、壁板の隙間からか立ち昇っていた。

二人の立つ場所からさらに十丁は離れていた。

「手代の人数は七、八人だそうだな」

「そんな見当だぜ」

「八巻玄馬って八州廻りが矢板の寅五郎の一家を率いて、今日の夕刻にも草津入りするという話だぜ」

「初耳だ」

険しい表情に変った幸助が、視線を影二郎に向けた。

「矢板の寅五郎も八州廻りに転びやがったかねえ」

「強い者に引かれるのは道理よ」

「違いねえ。だがな、旦那、八巻はえこじ悪い役人だぜ」

「中川誠一郎より手強いか」

「同じ八州廻りでも別人だ。中川様は一応な情けも持ち合わせていれば、道理も通じねえ相手ではねえがねえ、どこぞの代官所の手代だった八巻はさ、世の中を動かすのは金だけだと信じ込んでやがる野郎でねえ、金を集めるためにどんなあくどい手でもいとわねえ」

「草津の湯治賃徴収もこやつが考えたそうだな」

「そういうことだ。八巻が八州廻りに抜擢されて半年だが、こやつのために地獄にいった仲間は数知れねえや。まあ、わしら渡世人は野垂れ死を覚悟の商売だ。だがな、堅気の商人だろうと百姓だろうとこれはと目を付けられた人間は命を取られないまでもすっからかんにしゃぶられて終わりだ。八巻がこの半年でかき集めた金子は千両箱で二つや三つできかないという話だぜ」

「その金子の半分が江戸のどなたかの懐に入るか」

「旦那の仇敵鳥居耀蔵という話もあるがねえ、当たらずとも遠からずだろうよ」

二人が話すうちに雪はさらに酷《ひど》くなっていた。

「この分じゃあ。長野原からの道も閉ざされちまうぜ」

幸助が空を仰いだ。

「ということは八巻一行も草津入りが遅れるということだ」

「旦那、どうするね」

「どうするもこうするも、鉄砲弾に狙われるのは敵わない。雪道に迷わないうち草津に戻りたい」

「ならばこっちに来なせえ」

幸助は影二郎とあかを街道とは反対側の雪の原に案内していった。そこには夏場に使われるのか、納屋があってすっぽり雪に覆われていた。

幸助は、

「歩くより楽だぜ」

と納屋の壁に立てかけられたものを差した。

長さ一間余、幅二尺もない田舟《たぶね》の底に二枚の長板を打ちつけたもので、板の先端は反り上がっていた。

箱橇《はこぞり》ならぬ田舟橇だ。

「田舟を木馬に変えたか。八州廻りに追われるといろいろ知恵がつくものだ」

「余計なことはいいっこなしだ。かんじきを外しなせえ」

影二郎はかんじきを外すと、幸助が立て掛けた田舟橇を雪道に下ろすのを手伝った。

「あかをおれと旦那の間に乗せなせえ」

幸助は田舟橇の舳先に付けられた手綱を手にして田舟橇に跨《またが》った。

あかが心得て真ん中に乗り込み、最後に影二郎が万棒を構えて跨った。だが、幸助も影二郎も田舟橇に腰を下ろしてはいなかった。

強風に煽《あお》られた雪が地吹雪になって襲ってきた。

「いいかえ、腰を下ろしますぜ」

二人は同時に田舟橇に腰を下ろした。

重さが加わった田舟橇が草津の里に向かってゆっくりと下り始めた。

影二郎が万棒で雪道を突いた。

速度が増した。

地吹雪に抗して田舟橇が走り出した。

幸助が手綱を巧妙に操り、狭い雪道に橇を入れた。左右は三尺ほどの雪の壁だ。その間を田舟橇は疾風《はやて》のように進んでいく。

「これは楽だ」

「橇を引いて上がってくるときは地獄だがねえ」

幸助の声が地吹雪に震えて聞こえた。

一文字笠がばたばたと鳴るほど田舟橇は速度を上げていた。速度が上がりすぎると影二郎が万棒の箆を雪道に突っ込んで制動した。

雪の斜面に右に左に巻きながら作られた橇道を田舟橇は一気に駆け下っていく。

来る時、影二郎とあかが一刻半以上も要した雪道を田舟橇はあっという間に下って、辻に差し掛かった。

幸助は巧妙にも上り坂になった雪道へと橇を曲げ入れた。そのせいで田舟橇の速度が落ちて、自然に止まった。

「旦那、里はあの下り坂の先だ。湯畑まで一丁とあるめえ」

あかが飛び降り、影二郎も田舟橇から降りた。

「幸助、おまえらと連絡《つなぎ》を取りたいときはどうすればいい」

「湯畑を見下ろす温泉神社から少し進むと光泉寺がある。そこに三度笠が垂れていらあ。

そいつをさ、外して、旦那が来た印をおいてくんねえな。直ぐに連絡をつけるぜ」

「承知した」

かんじきを括りつけて万棒を担いだ影二郎とあかは湯畑への道を下っていった。

蠟月《ろうげつ》も残り少なくなっていた。

すでに夕暮れのような暗さが草津の湯治場を覆おうとしていた。

家並みの間から湯畑の煙が見えた。

それを見ると凍えていた五体に温もりが戻ったようだ。

湯守小屋を訪ねると半兵衛は寄り合いとかで留守だった。

かんじきと万棒を返すとあかに命じた。

「先に中屋に戻っておれ。おれは湯に入って戻るゆえな」

主に言い聞かされた飼い犬は直ぐに理解して、滝の湯に入る影二郎を見送り、中屋へと走っていった。

懐に用意した手拭を出すと、南蛮外衣に着衣と大小を包み込んだ。

夕暮れ前の滝の湯は大勢の湯治客で込み合っていた。

天井に切り取られた明かり取りの窓から雪がちらちらと舞い込んで、立ち昇る湯煙とぶつかり、たちまち消えていくのが行灯の明かりに見えた。

影二郎は冷え切った体をゆっくりと湯に浸けた。

「雪道を歩いてきた身には極楽だ」

思わず呟いた影二郎に、

「お侍も峠越えで雪に吹雪かれなすったか」

と切れのいい江戸弁が聞いてきた。

職人か、若い男だった。

「いや、違う。酔狂にも白根のお山を見にいってな」

と影二郎は答えた。

「おれたちは長野原からの峠道で雪に見舞われた。一時は凍え死ぬかと思ったぜ」

「それは難儀であったな」

「江戸では考えられない雪だねえ。あまりの寒さに肝っ玉まで縮み上がった」

「湯治かな」

「わっしらは江戸の鳶の連中だ。善光寺さんにさ、お参りに行った帰りに上田宿から上州街道を伝い、鳥居峠を越えてよ、嬬恋宿《つまごいじゅく》から長野原に出て、草津に入ったのよ。話の種だ、名物の湯に浸かりたくてな」

「それは奇特なことだ」

「旦那も江戸かえ」

「浅草寺門前で料理茶屋を年寄り夫婦が営んでいたがな、此度のお触れで暖簾を上げられなくなった。そこで憂さ晴らしに湯治を思いついたのだ」

「おれっちと一緒だな。建前は質素にしろ、料理は何品までにしろ、酒は飲むな。あれも駄目これも駄目ってんで、善光寺さんに厄落としにきたってやつだ。老中首座の水野様はなにを考えておいでだか」

というのを兄貴分か、仲間が、

「竹、滅多なことを口にするもんじゃねえぜ。長野原で出会った八州廻りに聞かれてみろ、ただじゃすまないぜ」

と注意した。

「草津口で八巻玄馬とか申す八州廻りに出会ったか」

「手勢が揃うのを待って草津入りするとか、長野原の旅籠《はたご》で威張りくさっていやがったな」

「となると草津入りは明日か」

「旦那は一行を待ってなさるということはあるまいな」

「八州廻りなんぞと知り合いはない」

「そいつは結構毛だらけ猫灰だらけだ」

「木戸で銭を取られたか」

「それだ、腹が立つぜ。湯に入る前になんで八州廻りに一人一朱も払うのだ」

「だからよ、国定忠治をとっ捕まえるためだろうが」

兄貴分が答え、

「だれも頼んでもいないぜ」

と竹と呼ばれた若い衆が答えた。

「旦那、お先に上がるぜ」

竹たち鳶の一行五人連れは湯から上がった。

影二郎が滝の湯を出たとき、雪はいよいよ酷くなっていた。そして、湯畑を地吹雪と一緒に夜の帳《とばり》が訪れていた。

四

影二郎は思わず肩にかけていた南蛮外衣で身を包んだ。片手で一文字笠を傘のように差しかけ、滝下から湯畑の坂を上がった。

足元を新しい雪が横殴りに走り、家の軒下で吹きだまった。

「なにをしゃがる、そんな無法があるものか！」

「てめえら、よおく聞きやがれ。八州廻りの脅しなんぞは江戸のお兄いさんには利かないんだよ！」

雪を突いて叫び声が聞こえた。

影二郎は足を早めた。

湯畑の石の柵に押し付けられていたのは先ほどの鳶の一行だ。そして、ぐるりと突棒《つくぼう》、刺叉《さすまた》、六尺棒を構えて取り囲んでいるのは臨時木戸番の手先たちだ。

手代の彦坂某の姿はなく、大男の御用聞きが手先たちを指揮していた。

「どうしなすった、兄い方」

影二郎の声に竹兄いが、
きいっ
と振り向き、

「湯でご政道を悪し様に言ったとかでよ、おれたちを番屋に引っ張るのだと。江戸の湯屋なんぞあの程度は序の口だぜ。なあ、旦那」

鳶の連中は湯上がりの二の腕をたくし上げて手先らに対抗する気だ。だが、なにしろ素手で頼りなかった。

「親分、湯で湯治客の四方山話《よもやま》を泥棒猫のように盗み聞きしては番屋に引っ張ると脅して、小銭でも稼ごうという算段か」

「なにっ！　泥棒猫と抜かしやがったな。上州じゃあ、腹を空かせた浪人なんぞに驚く土地柄じゃあねえんだ」

御用聞きが啖呵《たんか》を切って影二郎に向き直った。

手先の一人が影二郎を見て慌てて何事か御用聞きの耳に囁いた。

朝市の諍いの場に居合わせ、そのことを御用聞きに告げ知らせたのだろう。

「こやつ、彦坂の旦那を手こずらせた浪人者か。上州相撲の横綱を張った吾妻の専三がこやつらと一緒にお縄にしてやろうか」

吾妻の専三は田舎相撲の横綱と自慢しただけに四肢がぱんぱんに張り、腹もぷっくりと突き出て、体全体が巌のようだった。

身丈は五尺七、八寸、三十貫はありそうな巨漢だ。

太い腕に二尺一、二寸はありそうな長十手を翳《かざ》し、籐《とう》を巻いた柄を片手で軽々持って立てていた。

「専三、八巻玄馬の草津入りを待って動くのがいいんじゃねえかえ。折角湯で温まった体を雪道に転がって冷やすことになるがのう」

影二郎がわざと伝法な口調で挑発した。

「やかましいや！　こやつから叩きのめすぞ」

専三の命に手先たちの矛先が影二郎に向けられた。だが、影二郎の腕前を知る手先たちは構えただけで動かない。

「竹兄い、体が冷えるといけない。兄さん方と旅籠に戻られえ」

鳶の連中はそう言われてもその場を去ることは出来なかった。様子を見るように、影二郎と専三らの対決を見守る格好になった。

顔に翳していた一文字笠を石の柵の下に投げた。片手が体に巻き付けた南蛮外衣の襟を摑んだ。

「てめえら、でくの坊か」

専三は手先たちの動かないことに怒鳴り上げて苛立《いらだ》ち、片手の長十手の先端をくるくると回しながら飛び込む間合いを計った。

「どすこい！」

自らに気合を入れた専三が影二郎に向かって長十手を振り下ろしながら摺り足で突進していった。

小山が動くような迫力だ。さすがに上州相撲の横綱を張ったと自慢するだけの力強さだ。

鳶の連中が息を飲んだ。

その瞬間、影二郎の片手が引き抜かれた。

痩身に纏われていた南蛮外衣が吹雪の中に生き物のように、

ふわり

と広がった。

黒羅紗《くろらしゃ》の表と猩々緋《しょうじょうひ》の裏地が雪の白に映えて、湯畑を照らす常夜灯の明かりに大輪の花を咲かせて浮かんだ。

「おおっ、両国の花火だねえ！」

「玉屋、と掛け声をかけたくなるぜ！」

竹たちが我を忘れて叫んだほどだ。

吾妻の専三が眼前に広がった長衣に一瞬立ち竦んだ。

影二郎の手首が捻られると南蛮外衣の両端に縫い込められた二十匁の銀玉が重しになって波打ち、複雑な黒と緋の造形を形作ってうねった。

その艶《あで》やかな花には危険な得物が秘められてあった。

銀玉の縫い込まれた南蛮外衣の一端が目眩《めくら》ましを受けて立ち竦んだ専三の鬢《びん》を襲い、

こーん
という乾いた音を立てて、専三の巨体を雪道に転がした。

「おうおう、やりやがったねえ、旦那」

鳶の連中の喝采《かっさい》をよそに南蛮外衣がさらに雪の虚空に立ち上がり、取り囲んでいた小者たちの得物を次々に叩いて、湯畑や地面に吹き飛ばした。

南蛮外衣がひと舞踊った間、さすがの地吹雪もその精彩を失っていた。

得物を失った手先たちが呆然と立っていた。

「凍死せぬように専三を木戸番小屋に運び込め」

影二郎の言葉に小者たちが、

「わあっ」

と叫ぶとその場から逃げ出そうとした。

「おいおい、田舎相撲の親分を連れていきねえな」

竹に呼び止められて、慌てて戻った小者たちが専三の四肢を抱えて雪道を引き摺っていった。

「旦那、どこかでお見かけしたと思ったが、おまえ様の名を思い出したぜ」

と竹の兄貴分が一文字笠を拾い、影二郎に差し出しながら言いかけた。

「鏡新明智流桃井道場の若鬼、夏目瑛二郎様だねえ」

「今じゃあ、じじ様ばば様の湯治の供だ。兄い方、縁があったらどこぞでまた会おうか」

影二郎は騒ぎの場から中屋へと歩き出した。

「江戸に戻ったら、一献《いっこん》差し上げますぜ」

背に竹の声が響いた。


中屋の離れの囲炉裏端では、出汁《だし》をとる鉄鍋がかかって湯気を立ち昇らせていた。

「あかは戻ったのに影二郎は帰らぬゆえ心配しておったが、ようやく顔を見せたか」

添太郎が待ちくたびれた顔で影二郎を迎えた。

「夕餉はうまくできたか、若菜」

初めての自炊を影二郎は案じた。

「ばば様と一緒です。なんの苦労がございましょうか」

「影二郎、江戸よりも美味しい魚と野菜が手に入りましたぞ」

若菜といくが竈の前から応じて、影二郎は南蛮外衣と一文字笠の雪を払って土間から上がった。

囲炉裏端ではすでに竹筒に入った酒が竹の精と一緒になって染み出そうとしていた。そ

の竹筒を手にした影二郎が、

「じじ様、待たせたな」

と添太郎の前の酒器に注いだ。

「今日は一日じゅう出歩いておられたが、どこへ行った」

「じじ様、夏場なれば、この草津には信濃国から峠越えでこられることをご存じか」

「おお、聞いたことがある。千曲川《ちくまがわ》のほとりから熊の湯とかいう山奥の湯治場を抜けて渋峠から白根山の西から南に出て、この草津に降りる山道じゃな」

「草津の湯の源と聞く白根山の峰でも見られぬかと雪道をあかと一緒に歩いてみましたが、さすがに上州、信州の山は深うございました。雪に難儀させられ、白根山がどれやら分からぬうちに引き返すことになりました」

影二郎が苦笑いして竹酒を口にした。

湯で温まった体が湯畑の騒ぎで冷え、また今囲炉裏の火と熱燗の竹酒で温め直されようとしていた。

「若菜、雪道でな、そなたの知り合いに助けられたわ」

「上州の山中に若菜のご存じの方がおられましたか」

「蝮が出おった」

「影二郎、蝮が雪の季節に出るものか」

添太郎が口を挟んだ。

「じじ様、蝮と申されても人にございますよ。国定忠治の子分の蝮の幸助がな、おりました」

「幸助さんがおられるということは、忠治親分と一統が近くに潜んでおられるということでしょうか」

若菜は忠治一家の身を案じた。

「さあてな」

影二郎は国定忠治その人に朝湯で出会ったことは話してない。心配をかけたくないと思ったからだ。

「影二郎、湯で八州廻りのなんとかいう役人ご一行が草津に大挙して来ると噂し合う客がいたが、忠治親分を捕まえにくるのかねえ」

「じじ様、上州は忠治の古里にございますよ。忠治がそうそう江戸から来た八州廻りの手に落ちるとも思えませぬ」

「江戸にいては分からぬことを旅に出て気付きましたよ。天保の飢饉は去ったというが田舎はまだまだ厳しいねえ。忠治親分と一家をこんな関八州の土地が支えているのかねえ」

「申されるとおり江戸から遠くなればなるほどご政道の恩恵はなにもございませぬ。娘が売られた、一家が逃散したという暗い話ばかりです。忠治の無法は許されるわけではございませんが、江戸では察しのつかぬ事情が隠されておるのです」

「いかにもさようだ。ともかく関八州は天領が多いところだ、それだけにな、千代田の御城の方々がしっかりしてもらわぬとな」

添太郎の頭には亡くなった娘の旦那だった大目付常磐秀信のことが浮かんでいた。

影二郎は天保の改革を指揮する水野忠邦の考えは江戸の外にはなんら影響を与えてないことを実感していた。

「じじ様、影二郎様、越後から届いた寒鰤《かんぶり》を大根と煮てみました」

若菜が大ぶりの鉢に湯治場で作った料理を運んできた。

「おおっ、これはうまそうな」

「影二郎、味噌仕立ての猪肉と山菜鍋ができますぞ」

いくも一家四人のために作り、食べる湯治場の自炊が楽しいらしい。嬉しそうに野沢菜漬けを運んできて、今宵も酒が進みそうな宵となった。

吹雪は数日続き、一向に止む気配もなく草津の湯を孤立させた。

湯畑までも下りるのに難渋する降りだが、吹雪が少し静まるのを待って湯治客たちは湯治場に行った。

影二郎らもあちらの湯こちらの湯と微妙に変わる泉質を楽しみながら湯巡りをした。

その合間に若菜は中屋の台所を訪ねて、土地の名物の作り方を習っていた。そして、離れに戻ってくるといくと一緒に習った料理を復習して作り、皆に賞味させた。

その昼下がり、若菜は木鉢や麺棒や材料を両腕に抱えて離れに戻ってきた。

「蕎麦打ちを習ってきたか」

囲炉裏端で法城寺佐常の手入れをしていた影二郎が声をかけた。

「今日は中屋の女衆にこの辺りで食するという蕎麦粉の焼餅を習いました。蕎麦切りが出来る以前、この界隈では蕎麦粉で作る焼餅が主だったということです。それを作ります」

若菜は粉に引いた蕎麦の実を鉢に入れて、水を塩梅《あんばい》しながら上手にこねていった。

「江戸の蕎麦は真っ白が身上にございますが上州では渋皮をかぶったまま石臼《いしうす》で挽《ひ》きますゆえ、色は黒うございます。こうすると蕎麦の実の香りが残るそうです」

そう言いながらも若菜は一心に蕎麦をこねて、蕎麦玉を捏《こ》ね上げた。

「このまま囲炉裏で焼いて食べても野趣豊かな餅にございますが、江戸の方は口が奢《おご》っておられます」

若菜は自分なりに工夫を加えたのだろう、蕎麦餅の上に味噌を塗ったり、蜂蜜を加えたりしたものを囲炉裏にかけた。

香ばしい蕎麦の香りと一緒に味噌の香ばしい匂いと甘い香りが炉辺に漂った。

「おばば様、思いついたままに味噌をいくつか合わせてみました。たれにはまだまだ工夫が要りましょう。まずは蕎麦餅を食べて下さいませ」

味噌を塗った蕎麦餅を食べたいくが、

「おおっ、これはなかなか鄙《ひな》びた味ですよ、じじ様」

「若菜、じじにもくれぬか」

「熱うございますよ」

と若菜から渡された焼餅を口にした添太郎が、

「うまいぞ、これは」

「ちと値は張ることになりますが、砂糖を加えると味に深みが出ましょうかな。それとも砂糖を加えた蕎麦餅は贅沢にございましょうかな」

若菜は幕府の倹約令を気にした。その懸念に、

「蕎麦餅くらい好きに食わせよ」

と応じた影二郎は蜂蜜を塗った蕎麦餅を若菜から貰った。

蜂蜜を塗った餅はほんのりとした甘みと蕎麦の野趣があいまってなんとも美味だった。

「これは美味しいぞ、女子供が喜ぼう」

添太郎といくも食べて、

「蜂蜜を塗るよりも蕎麦に練りこんではどうだ」

とか、

「甘みを出すために砂糖と一緒にするのも手ですかねえ」

などと知恵を出し合った。

若菜はそのような意見を頭に記憶して、夕餉の後に絵入りで材料やら水、塩加減、練り加減など作り方を『新食雑記』と題した備忘録に事細かに記していた。

吹雪が草津の湯を襲う間に若菜の『新食雑記』は一冊を書き終えていた。

大晦日が二日後に迫った夕暮れ前、湯守の河原屋半兵衛のところから使いが来て、

「ご足労願えないか」

という伝言がもたらされた。

吹雪は幾分和らいでいた。

影二郎は法城寺佐常と脇差を差した着流しで湯畑に下りた。湯守小屋に行くと半兵衛が、

「およびたて申して恐縮にございますな」

と言いながら迎えた。

「夏目様にご相談がございましてな、あちらの囲炉裏端に草津宿の町役が顔を揃えてございます」

と湯守小屋に招じ上げた。そこには羽織を着た六人の顔役が沈鬱な顔で何事か相談し合っていた。

「皆の衆、こちらが夏目影二郎様です。皆さんの心配事を相談なさるにはうってつけの方にございますよ」

と半兵衛が影二郎を紹介した。

半兵衛は浅草弾左衛門から影二郎のことをどのように知らされているのか訝《いぶか》りながらも炉辺に座した。

「いえね、吹雪のせいで八州廻り八巻玄馬様の見回りが遅れておりますが、この吹雪も明日明後日までには収まります。さすれば峠越えしてご一行が草津入りなさる。夏目様、ここにきて八巻様は国定忠治親分と一家が草津近辺に潜んでいると推測つけて戦仕度で乗り込まれると申します」

「矢板の寅五郎の一家と申したな」

そのことはすでに半兵衛から聞いていたことだ。

「へえっ、そのことですよ。八巻様は長野原から木戸番所へ雪の峠越えで使いを差し出され、草津じゅうの家を一軒一軒調べると通知なされてきたそうな。そのことが番所の、とある方から洩れてきたのです」

草津の町役たちは番所に息のかかった者を入れているらしい、そんな口ぶりだ。

「草津は客商売の湯治場です、八州様が十手風を吹かせて湯治客一人ひとりを調べなされるなれば草津の評判はがた落ち、次の年から湯治にくる客が減ります。そのことを心配なされてな、集まられたのですよ」

影二郎は黙って頷いた。

「町役には八巻様に内々の金子を掴ませてお調べを見逃してもらえぬかと考えられる方もございます。だが、今度ばかりは目当ては忠治親分と思われます。となれば別の心配が生じる。草津で八州廻りと国定一家が血の雨降らす大戦《おおいくさ》をするようなれば、湯治の方々に迷惑がかかる。そんなこんなであれこれ話し合いましたが、いい考えが浮かびませぬ」

影二郎が呼ばれた理由のようだ。

「半兵衛どの、そなた方は忠治の行方を突き止めておられるか」

「噂ばかりでほんとうに草津に潜んでおられるかどうか分かりませぬ」

半兵衛の答えに町役全員が一様にうんうんと頷いた。

影二郎は半兵衛の返答どおりか、江戸者の影二郎には忠治潜入のことを隠したくて首肯したか、見当が付けられなかった。

「ともかく正月早々怪我人が出るような騒ぎは御免なんでございますよ」

「どうしたものか、直ぐには知恵も浮かばぬがのう。ともかく土地の方々と湯治の衆が騒ぎに巻き込まれぬようにする、それがそなた方の役目だ。知恵を絞ってくれぬか、年寄りを連れた湯治客のこの私からも頼もう」

羽織を着た町役がぺこぺこと頭を下げ、前歯が抜けた町役が、

「なんぞ考えといっても八州様と忠治親分相手ではのう」

と自信なさげに頭を捻った。

「八巻様が草津入りなさるまでには一日二日の余裕がございまする。夏目様もよい思案を願えませぬかのう」

半兵衛は影二郎に下駄を預けたように言い、また町役一同がぺこりと頭を下げた。それで寄り合いは終わったようで、

「御免下され」

と町役たちは戻っていった。なんとも頼りのない集まりだ。

「半兵衛どの、どういうことかな」

湯守の老人に確かめた。

半兵衛がつるりと手で顔を撫で、

「夏目様、忠治親分とは別に八巻様は八州狩りと称する手練《てだ》れの剣客が草津に入り込んだと緊張しているそうにございます。なんでもその方はこれまで峰岸平九郎《みねぎしへいくろう》、尾坂孔内《おさかこうない》、火野初蔵《ひのはつぞう》、数原由松《かずはらよしまつ》、足木孫十郎《あしぎまごじゅうろう》、竹垣権之丞《たけがきごんのじょう》と六人の関東取締出役を始末なされた凄腕の方だそうな。八巻玄馬様はこの六人のうちの一人、火野初蔵、旧名八巻初蔵の弟だそうにございますよ」

影二郎は、

「あっ」

という声を思わず上げていた。

これが胸の奥にわだかまっていたものだ。

八巻初蔵は影二郎にとって、鏡新明智流桃井春蔵道場の兄弟子であった。

八巻は火野家に婿入りし関東取締出役に抜擢された人物で、秀信が粛清を命じた一人の役人だった。

兄弟子の二人は上州黒塚宿で対決し、弟弟子にあたる影二郎が兄弟子を始末していた。

初蔵に玄馬という名の弟がいたのか。

「八巻様は兄の仇、なんとしても八州狩りの剣客を斃《たお》すと宣告なされているそうでございますよ」

と河原屋半兵衛が影二郎を唆《そそのか》すように言った。

第三話　烏舞片手斬《からすまいかたてぎ》り

一

吹雪は止んだ。

大晦日の朝、草津界隈にようやく陽光が顔を覗かせ、周囲の山々も白く被った峰々を朝日に輝かせていた。

吹雪で旅籠に閉じ込められていた湯治客たちが湯畑の周りに集まり、峠越えが出来るかどうか、江戸への駕籠は雇えるかどうかなど湯守小屋に問い合わせにくるものもいた。

影二郎と若菜が湯の帰りに湯守小屋に顔を出すと滝の湯で会った鳶の連中が半兵衛相手に掛け合っていた。

「年の内に江戸に戻りたかったがよ、雪相手になんのかの言っても仕方がないや。松の内までには江戸の土を踏みたいのだがなんとかならないか、湯守さんよ」

河原屋半兵衛の湯守小屋は草津のなんでも屋だ。伝馬宿もやれば飛脚便も扱い、駕籠の手配から旅籠の仲介までこなした。

「何しろ何日も雪が降り積もったのでございますよ。どちらも峠は大雪だ。まずは長野原から飛脚がくるのを待ちなせえよ。そうすればおよその事情が分かる」

「湯に入り過ぎて体じゅうがふやけたぜ、古女房でも恋しいや」

「おれは品川の女郎と会いたいねえ。湯治の女は、ばあ様ばかりでよ、どちらを見ても垂れたおっぱいの花盛りだ」

竹らが半兵衛に掛け合い、影二郎の訪問に気付いた半兵衛がぺこりと頭を下げた。

「年の内に吹雪が止んでめでたいな」

「なにがめでてえものか」

と竹が振り返り、旦那かえ、と言いながらかたわらに従う若菜に目を奪われた。

湯上がりの若菜の顔はほんのりと桜色に染まっていた。

「まさか草津に姉さんのような方がおられたとはな、垂れたおっぱいばかりなんぞ言うんじゃなかったぜ。旦那、お連れさんかえ」

「女房どのだ」

「あさり河岸の鬼にこんなおかみさんがねえ。わっしは馬喰町界隈の住人、鳶の竹五郎ってけちな野郎なんで」

と竹五郎が若菜に挨拶した。

「竹五郎どのは品川に馴染みがおられますか。さぞ帰りをお待ちでございましょうな」

「聞かれましたか」

竹五郎が頭を掻いた。

「女郎さんに草津土産は用意なされましたか」

「いえ、すべた女郎なんでさ、草津土産といってもねえ」

竹五郎が若菜との問答に困った顔をした。

「半兵衛どの、峠の様子は分からぬか」

「八州廻りのご一行すら未だ草津に姿を見せておられませぬ。来てよいかどうかは別にして一行が峠越えしてこられると道が通じるんですがねえ」

「雪が相手じゃあ鳶の兄い方も腕の振るいようもあるまい。今しばし様子を見ることだな」

「旦那、正月に酒でも酌み交わすかねえ。面子《メンツ》が変われば湯治場の濁り酒もまた味が変わるかもしれねえや。そんときはおかみさんもさ、酌に来てくんな」

と言い残した竹五郎らが湯守小屋から出ようとしたところへ雪塗《ゆきまみ》れの飛脚が飛び込んできた。

「峠で足止めを食ったか、円造さん」

「親方、小雨村で雪に封じ込められた」

鳶の連中も飛脚の言葉を待つ格好になった。

「長野原への道、昨日の今日だ、未だ通じてはおるまいな」

「峠の上は五、六尺の深雪だ。峠越えはもう二、三日の辛抱だねえ」

竹五郎が、

「やっぱり草津で正月かえ」

と改めてうんざりした声を上げた。

「親方、それより八州廻りの連中が昼過ぎには草津に下りてくる。なんでも一行は草津の里を封鎖して、国定忠治親分と一統を虱潰《しらみつぶ》しに探すというぜ。雪道が通じたところで今度は八州様に足止めだ」

すでに草津じゅうに飛んでいる噂だ。

竹五郎らは八州廻りの八巻一行の到着前に草津を出ようと考えたのだ。だが、大雪がそれを阻《はば》んでいた。

「一行はすでに小雨村に入っていたか」

「矢板の寅五郎一家の半数が小雨村に閉じ込められていたがねえ、大勢で飲み食いされた松太郎猟師の家はええれえ災難よ」

「なんにしてもえらい年の瀬になったもんだ」

鳶の連中はがっくりと肩を落として湯治宿に戻っていった。

「挨拶が遅れました。お初にお目にかかります、湯守の半兵衛にございます」

と半兵衛が若菜に言葉をかけ、

「河原屋様、此度はなにからなにまで世話になっております」

と若菜も挨拶を返した。

「若菜様、不都合はございませぬか」

「私どもは最初から年越しの湯治でございます。中屋様の台所で土地の食べ物の作り方などを手習いし、退屈はしておりませぬ。これから御節料理を作る手伝いをばば様と致します」

それはようございましたと答えた半兵衛が、

「大晦日から正月にはこの草津でも鄙《ひな》びた行事がございますでな、田舎の節季を存分に楽しんで下されや」

「そう致しましょうか。新年にはじじ様、ばば様とともにご挨拶に参ります」

湯守小屋を出た影二郎は若菜に、

「温泉神社と光泉寺に年の終わりの挨拶をしていかぬか。体が冷えればまた湯に入ればよいことよ」

「そう致しましょうかな」

年の瀬の市が湯畑の周りで行われていた。何日かぶりの朝市だ。

正月の仕度をするために雪の上に品物を並べた店々を巡る土地の女衆から退屈しのぎの湯治客などで賑わっていた。

さすがに湯畑から通じる神社の石段はすでに雪がどけられて、鳥居には正月を迎える注《し》連《め》縄《なわ》が飾られていた。

影二郎は若菜の手を引いて、温泉神社の石段を上がった。

高台の境内から雪に閉ざされた草津の里と湯畑が一望され、日差しに照らされた草津がきらきらと輝き、その間から冷気に急速に冷やされた湯煙が立ち昇る光景は、そこはかとない旅情を感じさせた。

若菜は影二郎といる幸せをしみじみと感じていた。それにじじ様もばば様も一緒だ。

若菜は両親と姉の家族を亡くし、再び新たな家族を得ていた。

「湯治に来てようございました」

「やや子が生まれる様子はないか」

影二郎の問いに若菜が顔を赤らめ、

「授かりものにございますれば」

と小さな声で答えたものだ。

温泉神社の拝殿にかたちどおりに二礼二柏手《かしわで》一拝をなした二人は、天保十三年が穏やかな年であることを願った。

「さて光泉寺に回ろうか」

影二郎は光泉寺で忠治らに連絡をつけようと考えていた。そのために腰には矢立を下げていた。

温泉神社から光泉寺へと道がつけられていた。

お宮から寺の雪道を辿ると集まりでもあるのか、土地の子供たちとすれ違った。

神楽舞の衣装を身につけた子供も、凧《たこ》を手にした男の子もいた。温泉神社で年越しの催しが行われるのであろうか。

「あの頃が懐かしゅうございます。父上も母上もお元気で姉上と夢中で遊び呆けておりました」

若菜は子供たちが走り去る様子を見ながら呟く。

姉上とは影二郎が最初に二世を誓った吉原の小見世の女郎萌のことだ。

横恋慕した御用聞きとやくざの二足の草鞋を履く聖天の仏七に騙された萌が自ら命を絶ち、その敵を影二郎が討って伝馬町の牢屋敷に囲われる身になった。

萌の悲劇が影二郎と妹の若菜を結びつけたともいえた。

「萌はいつなんどきでも分別を持った女であったが、そなたと一緒に夢中で遊ぶ時代があったか」

「姉が大人の分別を持つようになられたのは、父上が病に倒れた後のことにございます」

二人の行く手に雪を被った大杉が見えて、光泉寺の寺領に入った。

二人は寺の裏門に到着したようだ。

雪の境内に入ると、本堂の屋根からぽたぽた溶けた雪が雨だれになって落ちていた。それが積み上がった雪の上に細い穴を穿《うが》っていた。

寺の回廊には冬の日差しが落ちて、一人の渡世人が無精髭を指で摘《つま》んで抜きながら、煙草を吹かしていた。

影二郎が連絡をつけようとした相手の方からお出ましだ。

「蝮の幸助どの、その節は世話になりました」

「若菜様、お元気そうでなによりだ」

と若菜に笑いかけた幸助の視線が影二郎に移った。

「草津を出るのか」

「雪にもうんざりしたんでねえ。草津を立とうとは思うんだが、その前にひと仕事残っていらあ」

「八巻玄馬ご一行かえ。八州廻りなんぞうっちゃっておけと忠治に伝えてくれぬか」

「うちじゃあ、中川誠一郎様の追跡に手いっぱいだ。それが八巻まで加わりやがった。親分は鼻面で臨時の木戸なんぞを拵《こしら》えて湯治の衆から銭を取る八巻の魂胆が許せねえのさ。どうしても木戸は潰すと言ってなさる」

「忠治にも言ったがな、土地の衆、湯治の客に迷惑だけはかけちゃあならねえ。八州廻りの本隊が草津に入る前に出たほうが利口だぜ」

「旦那、もう遅いや」

「どういうことか」

「八巻玄馬なら二、三日も前に草津に入っているぜ」

「なんだと、先発隊の一部が小雨村に足止めを食った話を湯守小屋で聞いたばかりだぞ」

「八巻はやり手だねえ。あの吹雪の中、嬬恋村の東の峠越えで草津に入ってやがる。小雨村はこちらを騙す陽動隊よ」

「策を弄する下役人だな」

「ただ今は、殺生河原の韃靼《だったん》山龍昇寺に潜んでやがる。おれたちの裏をかいて油断をさせようとの魂胆だろうが、うちも見張りをあちこちに立てているんでな、そうは問屋が卸さねえや」

「忠治は八巻が表に立つのはいつだと考えておるな」

「小雨村の陽動隊が草津入りした前後かねえ」

「八巻はおまえらの隠れ家を突き止めておると思うか」

「そいつはなんともいえねえな。うちも始終塒《ねぐら》を変えているからね」

「蝮、忠治の供は何人だ」

幸助はしばし黙り込んでいたが、消えた煙管《キセル》の雁首を回廊の端に叩きつけて灰を落とし、

「境川安五郎の兄いら総勢十一人だ」

と寂しげな笑いを浮かべた。

もはや一声何百人の手勢を集めた威勢は今の忠治にはなかった。

「八巻玄馬は矢板の寅五郎一家を加えて、七、八十人の大人数か」

「戦は頭数じゃやねえ、旦那」

「だがな、八巻には幕府という後ろ盾があるんだぜ」

頷いた幸助は、

「親分は一旦こうと考えたことは諦めなされねえや。子分のおれたちは黙って従うだけよ」

幸助の口調はさばさばと明るかったが、それだけに悲壮感も漂っていた。

若菜は黙って男同士の会話を聞いていた。

「親分からの頼みだ」

「言え」

「西念寺一傳という京下りの剣客について知れたことがある。野郎は今年の四月日光例幣《れいへい》使《し》に従って関八州に入ってきた男だそうだ」

日光例幣使は、毎年四月十五日から十七日にかけて中山道を通り、倉賀野宿《くらがのじゅく》から日光例幣使街道を辿って、神君家康の忌日《きにち》に行われる東照宮の祭礼にやって来た。朝廷が御幣を遣わす奉幣使だ。

「西念寺だけが関東に残ったか」

「残った事情も矢板の寅五郎に雇われた経緯も今のところ分かってねえ。ただ一つ、親分が手を拱《こまね》いて迷ってなさることがある」

「なんだな」

「西念寺一傳、盲目《めしい》の剣客なんだよ」

「なんだと」

「だがな、こいつの腕前は目が見える剣術家どころじゃねえそうな。賭場の壺振りが虚空に投げ上げた二つ三つのさいころを見事に両断するそうだぜ」

「……………」

「親分は目の不自由な剣客をどう扱っていいか困ってなさる」

「この夏目影二郎と嚙み合わせようというわけか」

「そういうことだ」

影二郎は一つ息を吐いた。

「目が不自由なお方がやくざの用心棒を務めておられるのですね。日頃の立ち居振る舞いに不自由はないのでしょうか」

「若菜様、五月女《さつきめ》なる京女《きょうおんな》が一傳の杖代わりを果たしているそうでございますよ」

「女が杖の役をな。それにしても吹雪の山をよう越えて来られたものよ」

「それだ。長野原で徴用した男衆の担ぐ輿《こし》に乗って雪道を越えたとか。それだけ八巻玄馬は頼りにしているということだ」

「八巻もまたおれに西念寺一傳を嚙み合わせようと難儀を承知で連れてきたようだな」

「そういうことよ」

「若菜を救い出すためにおめえらの手を借りた。西念寺と行き会うときは雌雄を決するしかあるまい」

若菜が嘆きの声を洩らした。

蝮の幸助がその不安の声を聞かない振りして、

「頼まあ」

と回廊に立ち上がった。

「蝮、八州廻りに一泡吹かせた後、おめえら、どちらに逃げるつもりだ」

「さあてねえ、そのとき次第だよ」

無精髭の生えた顎を撫でた幸助が白根山の方角を見た。

信濃口の木戸番所を見張っていたのは、ただ動静を確かめるだけではなさそうだと影二郎は推測をつけた。

「なんにしても今晩は大晦日、明日は正月だ。子供も楽しみにしておる。くれぐれも里で騒ぎを起こさないでくれ」

「南蛮の旦那、この上州は国定忠治の縄張り内だぜ。八州廻りに勝手に湯治の名目でみかじめ料を取られてたまるものか。売られた喧嘩だ、致し方ねえ」

「忠治一家も昔の威勢はねえんだ。無理はするなとも伝えてくれ」

「南蛮の旦那も年を取ったかねえ、説教じみてきたぜ」

苦笑いした幸助は回廊から雪の上に飛ぶと、二人が入ってきた裏手の道へと姿を消した。

その後姿を見送っていた若菜が、

「どうぞご無事で」

と祈るように呟いた。

若菜を中屋に送り届けた影二郎は南蛮外衣を肩にかけ、一文字笠を被って再び湯畑に下りた。

あかが黙って従ってきた。

湯守小屋に立ち寄り、かんじきと万棒を借り受けた影二郎とあかは殺生河原を目指した。

雪道を難儀して歩くこと一刻余り、強い硫黄臭が漂い、広大な殺生河原に到着したことを知った。

周りの岩山には積雪があったが、地熱のせいか殺生河原には雪は積もってなかった。その代わり河原のあちこちからぼこぼこと気泡が上がって、その場にいる人を息苦しくする硫黄が噴き上がっていた。

荒涼とした地の上、鈍色《にびいろ》の空を鳥が群れをなして飛んでいたが、さすがに殺生河原に降り立つ様子はない。

あの世の地獄とはこういうものか。

影二郎は死の原を黙って見詰めていた。

あかが息苦しくなったか、咳き込んだ。

影二郎は硫黄を避けて殺生河原の西側の斜面へ大きく回り込んだ。

するとその岩山に一軒の寺が建っているのが見えた。

山門もなければ塀もない。ただ、岩山に寺堂だけが屹立《きつりつ》していた。

八巻一行が潜むという韃靼山龍昇寺だ。だが、人の気配は薄かった。

殺生河原から離れてはいたが風具合によっては硫黄臭が漂ってくるはずだ。このような場所に建つ寺に宿泊所を設けた八州廻り八巻玄馬の奇怪な考えを、影二郎は考えあぐねていた。

殺生河原の空を黒雲が走っていく。

雲が陽を隠す。すると日差しが翳り、河原に濃い影を落とした。すると河原は一段と凄みを増して見えた。

あかが小さく吠えた。

影二郎はそのわけを知った。

二

寺の宿坊から二人の男女が姿を見せた。

西念寺一傳と五月女の二人だ。

影二郎は龍昇寺に潜むのはこの二人だけと感じ取った。

遠く山上から影二郎に見つめられていると知ってか知らずか、一本の杖を頼りに二人は龍昇寺の石段を下って、殺生河原へと降りてきた。

有害な気泡と煙が噴き上げる河原に一本の細い道が通じていた。なんのための道か、影二郎には見当もつかなかった。

五月女が杖の先を後ろから従う一傳に差し出し、それを一傳が握って歩くのだ。

晴れた空から再び雪がちらちらと舞い始めた。それが日差しにきらきらと輝いた。そして、殺生河原に舞い落ちて地表に着く前に地熱で溶け消えた。

無数の鳥の群れが立ち騒ぐ。

五月女が下げた袋を見てのことらしい。

殺生河原のほぼ真ん中に二人は立ち止まった。

噴き上げる有毒な煙も地熱にも平然としていた。

一傳が杖を離し、五月女がその杖を殺生河原に立てて、さらに五、六歩一傳との間合いをとった。

袋を結んだ紐を解くとさらに鳥たちが降りてきて二人の頭上を低く旋回し始めた。

五月女は袋に手を突っ込み、なにかを掴み出すと虚空に投げ散らした。

さあっ
と一羽の鳥が投げられたものを咥《くわ》えて虚空高く去った。続いて二羽目、三羽目と仲間の鳥が餌を上手に嘴《くちばし》で受け取った。

どうやら鶏の肉か脂身を細かく切ったもののようだ。

五月女の撒いた餌を鳥の群れが上手にさらっていく。

その様子を見えない目を虚空の一角に預けた一傳が黙念と見ていた。

再び五月女が袋に手を入れた。

手が虚空に大きく躍り、袖から覗いた二の腕が白く光った。

先ほどよりも多くの鳥の群れが餌を目掛けて降下した。

ひっそりと立つ一傳が動いたのはその瞬間だ。

腰間から細身の刀が気配もなく抜き打たれ、餌を求めて舞い下りてきた鳥の一翼を見事に刎《は》ね斬った。

羽を付け根付近で斬られた鳥は均衡を崩すと河原に落下した。

さらに一傳の刃《やいば》が右に左に振られ、その度に片翼を斬られた鳥たちが殺生河原に突っ込んで地熱の上で飛び跳ねた。

一傳は見えない目で次々に虚空から餌を求めて下りてくる鳥に刃を振るい、鳥はその度に落下した。そして、片翼で落ちた場所は死の臭気が噴き上がるこの世の地獄だった。

二幕目が終わった。

五月女の手が再び動いた。

鳥たちは死に魅入られたように上空から舞い降りて撒かれた餌に飛びつき、一傳の刃に倒されて、河原に落ち続けた。

無益残酷な殺傷は淡々と果てしなく続いた。

その数が段々と増えて、二人の周りは悶《もだ》える鳥だらけになった。

今や虚空には七、八羽しか残ってなかった。

五月女が袋に手を入れ、最後の餌を摑みとった。

はあっ！

という気合とともに投げられた。

烏の群れは一呼吸置くように虚空から降下に移った。だが、狙いは餌ではなく細身の刃を淡々と振るう西念寺一傳その人に向けられていた。

一気に間合いが縮まり、数羽が一傳を四方から同時に襲った。

だが、非情の剣は見事な円弧を描いて、ついには捨て身の反撃にも止《とど》めを刺し終えた。

沈黙と無の時が殺牛河原に訪れた。

ばたばたと河原で悶え苦しんでいた片翼の烏たちは次々に動かなくなり、息絶えた。

その黒い体の上に雪片が舞い降りてしばらく止まり、消えた。

血振りをした一傳が鞘に剣を納め、杖を抜いた五月女が位置を変えて差し出した。それに手を添えた一傳と五月女の二人はゆっくりと韃靼山龍昇寺へと戻っていった。

殺生河原に死屍累々《ししるいるい》烏の死骸が散って、地熱ですでに焼かれ始めたものもいた。

硫黄臭に混じり、肉の焼ける臭いがした。

「あか、戻ろうか」

あかは黙って草津へと歩き出した。

雪道を歩く影二郎は暗く切ない感情に包まれていた。

あかもただ黙々と雪道を辿っていた。殺生河原に繰り広げられた無益な殺戮《さつりく》の意味をあかは動物の本能で承知していた。

影二郎は、西念寺一傳が影二郎の見ていることを承知で手の内を明かしたのではと考えていた。

恐るべき剣客だった。

その腕前以上に影二郎の気持ちを寒々とした虚無が見舞っていた。

(なんのための殺戮か)

影二郎の胸にやるせない怒りの情が生じた。

ふいにあかが吠えた。

影二郎が前方を見ると道の真ん中に竹矢来で新たな木戸が設けられていた。

主従が足を止めて草津を見下ろすと里の中心の湯畑に通じる道という道には新たな木戸が造られ、草津の里が囲い込まれたことが分かった。

吹雪の峠越えをして草津入りした八巻玄馬が次に繰り出した手だった。

年の瀬、大晦日の夕暮れというのに、封鎖線の中で草津は沈鬱にも沈み込んでいた。

湯畑から黙々と湯煙が立ち昇っていることだけが変わりない風景だった。

木戸口で追い払われたか、里外れに住む女が背に大籠を背負い引き返してきた。

「どうしたな」

「里には下りられねえんだと」

「なぜだな」

「忠治親分と一家を網の中に追い込んでとっ捕まえるそうじゃあ。年送りの夕べになにもこんなことをすることもあるまいに」

と嘆いた女は影二郎が歩いてきた道へと引き返していった。

影二郎とあかは木戸口に立った。

木戸を塞《ふさ》いでいるのは三人の渡世人だ。

矢板の寅五郎の手先たちだろう。

火で焼いて堅く固めた竹槍の穂先が、南蛮外衣を纏った影二郎の胸に突き出された。

「草津には入れねえ」

髭面の男が喚き、顎で戻るように命じた。

「おれの旅籠は湯畑の近くの中屋でな、家族も待っておる。罷《まか》り通る」

「駄目だ駄目だ」

影二郎は構わず歩を進めた。

「痩せ浪人め、突き殺すぞ！」

その喚き声にあかが低く唸《うな》った。

「てめえら、逆らう気か」

三本の竹槍が影二郎の痩身の胸を目掛けて突っ込まれてきた。

影二郎の片手はすでに南蛮外衣の襟にかかり、それが、
すいっ
と引き抜かれた。

その手の動きに合わせるように身に羽織られていた長衣が生き物のように広がり、裾の両端に縫い込まれた銀玉二十匁が竹槍を次々に跳ね飛ばし、さらには男たちの顎や肩を打って、雪道に転がした。

黒羅紗と猩々緋が動きを止めたとき、三人の男たちが雪の上に転がり呻《うめ》いていた。

「通る」

南蛮外衣を肩にかけた影二郎とあかは木戸を潜って、湯畑への雪道を下っていった。

湯畑の周りには篝《かがり》火《び》が焚かれ、矢板の寅五郎らの子分たちや雇われ剣客たちが巡回していた。

そのせいで湯畑の周りには湯治の客も土地の人間もいなくなっていた。

影二郎は湯守小屋に足を向けた。

湯畑の坂道を下ると怒鳴り声が響いてきた。

「半兵衛、八州廻り八巻玄馬様の沙汰が聞けぬというか！」

「八代将軍吉宗《よしむね》様にも献上の草津の湯の湯守小屋は、何人も手がつけられぬ場所にございますよ。それをいきなり明け渡せとは無法にございます」

「河原屋半兵衛、いい度胸だな。関東取締出役八巻玄馬様は寺社、勘定、町奉行の手形をお持ちになり、どこの土地だろうと家屋敷だろうと踏み込む許しを得ていなさるお役人だ。その代役が、この矢板の寅五郎だ。おめえがどうしてもどかねえというのなら、おれの子分どもにひと暴れさせようか」

影二郎の痩身が湯守小屋の敷居を跨ぎ、殺気立つ寅五郎の子分たちを掻き分けて、半兵衛と寅五郎が睨み合う土間に入り込んだ。

半兵衛の背後には馬方たちが不安そうな顔で、それでも半兵衛親方の身を守ろうと控えていた。

「夏目様」

半兵衛がほっとした声を洩らした。

その言葉に寅五郎が、

きいっ

と影二郎を振り返り見た。

「八州廻り様が湯守小屋を即刻本陣に明け渡せと申されるそうで」

「どうした、親方」

「放っておくことだな」

と影二郎が答えた。

「おまえさんが夏目影二郎さんかえ」

押し出しのいい恰幅の腰に派手な銀拵えと下げ緒の長脇差を差した寅五郎が影二郎を睨んだ。

「野州の寅が上州まで八州廻りの尻に従い、なにをしに参った」

影二郎の視線がようやく寅五郎にいった。

「旦那、口に気をつけねえな、おれは代々十手持ちの家柄だぜ。おめえさんなんぞふん縛ろうと思えばわけはねえんだ」

「八巻玄馬に申せ、関東取締出役の本分を忘れるでないとな。遠路はるばる湯治に来られた方々や土地の人を困らせることが八州廻りの務めではあるまいとも伝えよ」

「旦那に説教をたれようというのか」

と怒声を発した寅五郎が、

「先生方、こやつの足腰を叩き折ってさ、身動きつかねえようにしてくれまいか」

湯守小屋の土間に切られた囲炉裏端に腰を下ろした剣客二人に声をかけた。

「寅五郎親分、一傳とわれらの扱いが違い過ぎる。この男を始末致さばちと待遇を考え直してくれぬか」

囲炉裏の火に両手を翳した入道頭が寅五郎に交渉の言葉を吐いた。

「それもこれも手柄次第でさあ」

「よかろう」

二人の剣客が同時に立ち上がった。

入道頭は五尺三寸ほどか、固太りの体付きでどっしりとした構えを見せていた。一人はひょろりとした長身で鎖鎌を手にしていた。

「雇われ浪人、名と流儀を聞いておこうか」

影二郎の挑発に、

「引田《ひきた》陰《かげ》流鎖鎌早手大願《はやてだいがん》」

「中条《ちゆうじよう》流免許皆伝富田式部《とみたしきぶ》入道《にゆうどう》」

と二人が悠然と答えた。
影二郎は二人してなかなかの腕前と察した。
早手は湯守小屋の天井の高さを確かめた。鎖鎌を使うのに十分な高さと広さと察したか、
鎖鎌の鉄球を回し始めた。
「親方、下がっておられよ」
影二郎の言葉に、
「夏目様」
と言いながらも半兵衛が馬方たちのところまで下がった。すると広い湯守小屋の土間に
戦いの場が出来た。
あかは上がり框の下へしゃがみ込んだ。
引田陰流の鎖鎌の達人早手が回す鉄球の描く円がさらに大きく伸びた。もう一方の手に
鋭い刃がついた鎌が立てられ、
ぶんぶん
と鉄球が不気味にも湯守小屋の空気を掻き回す。
影二郎は肩に南蛮外衣をかけたまま不動の姿勢を保っていた。
鉄球が描く円弧が影二郎の眼前に迫った。

鎖を回す早手大願の手首の返しがふいに変わった。

鉄球は円から直線に変わり、影二郎の額目掛けて伸びてきた。

影二郎の手が肩の南蛮外衣に掛かり、引き抜かれた。

黒羅紗と猩々緋の長合羽の裾は広がりもせずに伸びてくる鉄球を包み込み、さらに縫い込まれた銀玉二つ、四十匁が鉄球を弾き返した。

鉄球は軌道をふいに変えて、鎌を構えた早手大願の眉間に突き刺さるように直撃した。

ぐえっ
と血反吐《ちへど》を口から吐いた早手が後方に吹っ飛んで倒れた。

「おのれ!」

富田式部入道が南蛮外衣を投げ捨てる影二郎に突進してきた。そして、前屈みの姿勢から豪剣を抜き打った。

影二郎もその場にありながら、腰を沈めて、迎え撃った。

腰の法城寺佐常二尺五寸三分が引き抜かれ、大薙刀を刀に鍛ち変えた先反佐常が重く、速い弧を描いた。

二つの光の円弧は間合いを縮めつつ、ぶつかった。

富田の車輪に回す抜き打ちは速かった。

だが、先反の刃は尋常ならざる動きを見せて飛び込んできた富田式部の差し伸ばした剣を持つ両腕を切断して飛ばした。
げげえっ
先ほどにも増した絶叫が湯守小屋に響き渡り、立ち竦む富田の肩口を先反佐常の刃が斬り下げて押し潰した。
富田入道が、
ずでんどう
と地響きを立てて斃れ込んだ。
血と死の臭いが、
ふうっ
と漂い、森閑とした恐怖の沈黙が湯守小屋を支配した。
影二郎が懐紙を抜くと血糊を拭い、鞘に納めた。
鍔《つば》鳴《な》りが仮死に落ちた湯守小屋を生き返らせた。
「寅五郎、先ほど申したこと忘れるでない」
「てっ、てめえは」
「もし八巻玄馬が聞かずば夏目影二郎、兄の火野初蔵を斬り捨てた八州狩りの昔に戻ると伝えよ」

「天保七年夏から冬にかけて六人の関東取締出役の旦那方を始末した八州狩りとはてめえか」

「今頃気付いたか。二人の亡骸《なきがら》を運んでいけ、差し許す」

その言葉に立ち竦んでいた河原屋の半兵衛親方が、

「だれか戸板と筵を持ってきて下され」

と命じ、寅五郎らはその戸板を借り受けて二人の亡骸を湯守小屋から運び出した。

ふうっ
という重い吐息が重なった。

「親方、湯守小屋を血で汚したな、相すまぬ」

「なんのことがございましょう」

半兵衛の言葉を待つまでもなく湯守小屋の奉公人たちが血だまりを拭い、雪でその痕跡を消し去っていった。

そのせいでいつもの湯守小屋に立ち戻った。

「八巻玄馬め、吹雪の中を草津入りしていたそうじゃな」

「私も先ほど聞かされまして驚きました。なんとも早業にございますよ」

「八州廻りに封鎖されたか」

「この輪の中に国定の親分と一統が潜んでおられるというのですがな、さてどうでございましょうか」

「そう易々ととっ捕まる忠治でもあるまい」

影二郎は囲炉裏端に腰を下ろした。

「寅五郎の知らせで八巻が新たな手勢を送り込んでくるとも限らぬ。親方、節介をした代わりに暫時用心棒を務めさせてもらおう」

「なんとも心強いことで」

そう答えた半兵衛が奥に向かって合図をした。すると大徳利と茶碗が運ばれてきた。

「夏目様の働き賃には足りますまいが、まずは喉を潤して下され」

「頂こう」

茶碗に濁り酒がたっぷりと注がれた。

口に含むと酸味がかった冷たい酒が喉に気持ちよく落ちていった。

影二郎を過剰に対決へと駆り立てたものは殺生河原で見た西念寺一傳の静かにも非情の剣だった。

そのことを思いつつ、影二郎は濁り酒を苦く呑み続けた。

「親方、湯畑に人が出てきましたぜ」

湯守小屋の男衆の一人が表から飛び込んできた。どうやら八州廻りの動静を見張っていた若い衆のようだ。

「八州廻りの見回りはいなくなったか」

「へえっ、長野原口の名主様の屋敷をこの湯守小屋の代わりに本陣においたようにございますよ」

「百右衛門《ももえもん》様も迷惑なことだ」

と応じた半兵衛が、

「まずはともあれ年越しは無事に出来そうですよ」

と囲炉裏の火で焼ける餅を火箸で引っくり返した。

三

影二郎が湯守小屋から出ると雪が再び舞っていた。南蛮外衣を身に纏い、一文字笠を被ったとき、光泉寺から打ち出す除夜の鐘が鳴り響いてきた。すると草津のあちこちから、
わあっ

という歓声が響いた。

「あか、お参りしていこうか」

湯畑から大勢の土地の人々やら湯治客らが温泉神社への雪の石段を上がっていた。影二郎も初詣の人に混じり、石段を上がった。

雪の石段で転ばぬようにあちらこちらから松明《たいまつ》の明かりが点され、いつもとは違う初詣の雰囲気を醸し出していた。

主従はいつの間にか、前後を人波に挟まれていた。

矢板の寅五郎の用心棒剣客二人を夏目影二郎が倒したというのに八州廻りの八巻玄馬からはなんの反応もなかった。

影二郎が正面きって兄の初蔵を始末したことを伝えたのだ。それにも拘わらずなにも言ってこなかった。

八巻らは国定忠治捕縛に心を砕いているのか、なにか他に策があってのことか、不気味な沈黙を湯守小屋に御輿《みこし》を据えた影二郎は考えあぐねていた。

半兵衛が八巻一行の動静を知るために放った見張りの若い衆も、長野原口の名主屋敷百右衛門方に八巻は本軍を集めて動く気配はないと報告してきた。

「半兵衛親方、気長に相手が動き出すのを待つしかあるまい」

「なんとしても三が日、無事に過ぎるとよいのですがな」

「いや、正月酒に酔い喰らう明日、明後日にも必ず動く」

「町役がなんぞ考えたと言っておりましたが、役に立つかどうか」

半兵衛は町役の対抗策を信じてないのか、そう言った。

影二郎はその言葉を聞いて湯守小屋をあとにしたところだ。

境内に近付くにつれ、前後の人混みが密度を増した。本殿前で鈴を鳴らし、立ち止まってお参りをするせいだ。

山門下はさらに混雑していた。

「あか、大丈夫か」

影二郎が足元の飼い犬を気にしたとき、影二郎の背から潜み声が聞こえた。

「南蛮の旦那、夜明け前、中屋の離れを八州廻りが襲うぜ」

いわずと知れた蝮の幸助だ。

「寝込み端《ばな》を襲っておれを始末する気か」

「火をかけて逃げ惑うところを鉄砲で射殺《いころ》す算段よ」

「じじ様方を湯守小屋に移すか」

と影二郎が呟くと、

「江戸からきた八州廻りは今年の年越しが夜通しということを知らねえのよ。いくらなんでも八州廻りが付け火をできるものか」

と苦笑いした幸助に、

「草津を出る気はないか、蝮」

と改めて念を押した。

「八州廻りは忠治親分を輪の中に閉じ込めた気だろうが、八巻玄馬はそいつを後悔することになるぜ」

蝮の気配が消えた。

人混みが進むと温泉神社の境内から隣の光泉寺が見えた。

そこには長さ四間、太さの径が三尺はあろうかという、二本の大松明をかついだ褌《ふんどし》一丁の裸の男衆たちがうろうろしていて、光泉寺の境内から里へと押し出す気配を見せていた。

大松明には未だ火は点されてなかった。

羽織を着て藁靴《わらぐつ》を履いた町役の姿もちらちらと見えた。

影二郎はそれが毎年の習わしか、今年だけの行事か考えた末に、町役が三が日無事であれと考えた八州廻りへの対抗策かと気付かされた。

大晦日に事寄せて、大松明を掲げた男衆を夜通し見回らせ、八州廻りの無法を牽制しようという企てだろう。

とぼけた顔をした町役の知恵に感心した。

(年寄りを馬鹿にしたものじゃない)

影二郎とあかは温泉神社にお参りし、女坂を通って湯畑に下りようとした。

光泉寺の鐘楼では鐘が鳴らされ続けていた。

主従が女坂の途中に差し掛かったとき、光泉寺から、

わあっ

という新たな歓声が上がり、ふいに湯畑の明かりも温泉神社の明かりも消えて、草津は薄闇に化した。

町役たちは他にも趣向を用意しているのか。

明かりが一斉に消えた草津の里が雪明かりにほんのりと影二郎の視界に浮かんで見えた。

それはそれで幻想的な光景だった。

静寂の中、百八つの鐘が撞《つ》き終わった。

その直後、草津に明かりが戻ってきた。

家々の軒先に提灯が点され、湯畑にはいつ用意されたか雪洞《ぼんぼり》まで点灯されて、草津を昼

間のように変えていた。

その明かりにつられたように旅籠や家にいた人々まで湯畑の周りに集まってきた。

ふいに湯畑の一角から太鼓の音が響いてきた。大太鼓小太鼓、大小の太鼓の音は勇壮に雪の湯治場に響いた。

その太鼓の調べの中に火柱を上げる大松明が暴れ込み、それがあちこちに移動すると火の粉が天を焦がして、見物の群れが、
わあっ
と歓声を上げた。

「あか、やりおるぞ」

影二郎とあかは、褌一丁の男衆が担ぐ大松明を横目に中屋の門前まで戻ってくると、

「影二郎、どこをほっついておった」

と添太郎が怒鳴った。

かたわらにはいくも若菜もいて、時ならぬ大松明の担ぎ合いを見物していた。

「今年の草津の年越しは賑やかにございますな」

「いつもの年のことではないのか」

「江戸から湯治に来られたじじ様とばば様を歓迎しての大松明にございますよ」

大松明が影二郎らの前にくると羽織の町役がなにごとか喚き、大松明がその場で太鼓の乱拍子に合わせて、ぐるぐると回転を始めた。さらには火口が高く掲げられた。すると夜空に火の粉が激しく卜がって、湯畑の湯煙と混じり、なんとも壮大な炎と湯煙の競演を現出させた。

「影二郎様、明け方まで火祭りは続くのでございますか」

「おおっ、三が日、夜になればこのような大松明が担ぎ出されるとみたがな」

「眠ってはおられませぬな」

「草津が理不尽な八州廻りに席巻されるよりもよかろう」

「なんとそのような狙いが隠されておりますので」

湯畑に草津じゅうの人々が集まり、中には酒盛りを始める湯治客もいて、騒ぎは鎮まる気配はなかった。

草津の里外れ、長野原口と信濃口の八州廻りの臨時木戸番所では下役人たちが遠く湯畑から聞こえてくる太鼓の音と歓声、それに天を焦がす火柱を呆然と見詰めていた。

長野原口の番所では、

「草津の年越しはかように賑やかなものか」

と手代の一人大塚左門が土地の出の小者に聞いた。

「いえ、かような騒ぎは初めてにございますよ」

「忠治に先手を打たれたということはあるまいな」

「いくら忠治親分が上州は縄張りとはいえ、草津には土地勘もございませんや。これほど大掛かりなことをできはしませんよ。だれの知恵かねえ」

と小者が首を捻った。

「五、六年前、八州様六人を始末した夏目影二郎の知恵かのう」

「あやつには吾妻の専三親分も矢板の寅五郎親分の用心棒剣客もやられましたそうな。ですが、草津を仕切る才覚があるとも思えませんだ」

「ともかくじゃあ、目の不自由な西念寺一傳どのしか夏目には手が出せぬか」

「あの仁のそばに寄ると、なんだかよ、ぞくぞくとした身震いが走りますだ。味方とはいえ、気味が悪うございますよ」

「敵には回したくない男だのう」

湯畑に新たな火柱が上がった。

二本の大松明がぶつかり合っているのか。

ちらちらと舞っていた雪が激しくなった。

「火祭りが行われる湯畑の周りならば寒くもなかろうが、雪に埋まった木戸番所では堪《こた》えるぞ」

「正月というのに因果なものでございますね」

大塚ら、見物の下役人たちが番所に姿を消した。

信濃口も二人の不寝番を残して仮眠に入っていた。

八つ（午前二時）過ぎ、二つの木戸番所に忍び寄る影があった。

番所では不寝番たちがちびちびと酒を飲んで退屈を紛らしていた。

忠治一統の三人組が硝煙樽と油樽を抱え、火種を持って番所に迫り、番所に隣り合わせた薪小屋に忍び込んだ。

四半刻後、忍び込んだ影は再び姿を見せると雪の原に姿を消し去った。

その直後、不寝番の一人が小便に外へ出てきて、雪道に刻まれた足跡を見付け、

「だれの足跡かねえ」

と呟いた。

先ほどから雪が霏々《ひひ》と降り続いていた。

自分たちの足とするならば降り積もる雪に消されているはずだ。それが消えずに残っていた。

不寝番が足跡を辿ると薪小屋を往復していた。

(だれぞ忍び込んだか)

ふいに気付いた。

「大塚様、国定忠治一家が来やがったぞ！」

と叫ぶ声が響いた直後、薪小屋の雪を被った屋根が盛り上がり、白い雪を散らして赤い火柱が上がった。

ずどーん！

という轟音が響き渡った。

不寝番は目を打たれ、爆風に見舞われて雪の原に吹っ飛ばされた。

激しく揺れた木戸番所では飛び起きた面々が、薪小屋との壁を突き破って襲いきた炎を見て、必死で表へと逃げようとした。

ぐっすりと眠り込んでいた下役人大塚左門は飛んできた薪に背中を叩かれて、その場に吹き倒された。それでも立ち上がろうとした。

その視界に炎が襲いくるのが映じた。

激痛を堪え、恐怖に耐えて這々の体で表に転がり出た。

「大塚様、見てくだせえよ、信濃口でも火柱があがっておりますぞ！」

「忠治か」

「忠治親分のほかにこんなことをしてのける男はおりませんぞ」

答える小者の言葉はどこか自慢げに大塚の耳に聞こえた。


夜明け、影二郎は若菜と一緒に薬師の湯に身を浸けていた。

影二郎が忠治と出会った湯であった。

「忠治親分が先手を打たれたのでしょうね」

長野原口と信濃口の木戸番所襲撃事件は、大松明を担ぎ回る火祭りに沸く湯畑に伝えられ、八州廻り八巻玄馬の本陣の名主屋敷からは下役人たちが二つの木戸番所へと飛び出していった。

夜明け前、大松明も光泉寺の境内に戻り、湯畑で見物していた人の群れもそれぞれの家や旅籠に戻った。

影二郎と若菜は添太郎といくを中屋の離れの部屋に連れ戻すと湯に入りにきたのだ。

再び見る湯畑はいつもの静けさを取り戻していった。

「だれがあのようなことをやるものか。関所破りは忠治の十八番《おはこ》よ」

「これで八州様の手勢はだいぶ少なくなりましたか」

「いや、主力半数は残っておる。だが、木戸が破られ、自由に人も馬も往来できるようになったことが大きかろう」

湯の中に風が吹いた。

人の気配がして若菜が湯の中で身を竦めた。

脱衣場で帯を解く気配がして、短軀肥満の男が下帯一つで姿を見せた。だが、片手には脱いだ衣服や道中合羽を三度笠に載せて抱え込み、長脇差を提げたままだ。

「夏目様、お内儀様、相湯を願いましょうかな」

忠治は器用にも湯の天井の梁《はり》に持ち物を帯で吊り下げた。関八州を逃げ回る忠治だ、いろいろな工夫をして生き延びていた。

「御免なすって」

忠治は湯船に身を沈めた。

「追われておるか」

「ちょいとしくじった。八州廻りに光泉寺裏の塒を襲われましてねえ。子分どもと尻に帆かけてちりぢりに逃げ出し、薬師の湯に飛び込んだら、お二人がおられたので」

「おめえが木戸番所に火を放ったからな。八巻玄馬が慌てて草津じゅうを走り回ることになったのよ。町の衆が大松明を担ぎ出したのにちと油断をしたか」

「全くで」

苦笑いした忠治は、

「南蛮の旦那のお内儀にはお初にお目にかかりやす。長岡忠次郎にございやす」

と本名を名乗った。

「若菜にございます」

狭い湯で顔だけ出した三人が向き合った。

「どうする気だ」

「ちょいと狂った」

「策士、策に溺《おぼ》れるってやつだ」

「ともかく子分どもと落ち合うのが先決だ」

「会ったら早々に信濃へでも雪の峠を越えて抜け出よ」

「八巻玄馬の首を取りそこなったのが心残りだ」

「おめえには先に首を上げる相手がいたんじゃねえか」

「玉村宿の主馬だな。どうせやるなら二頭の馬とも仕留めたかったがねえ」

忠治が笑った。

薬師の湯の前に乱れた足音がした。

影二郎が忠治の持ち物を下げた天井の梁を見ながら湯船に立ち上がった。さらに影二郎が両手を組んで忠治に指し出した。

その意味を忠治が敏《さと》くも悟ると、

「御免なすって」

と言い、片足を影二郎の両手にかけた。

忠治の両手が影二郎の肩にかかり、その片足が乗った両手が沈み、反動をつけて短軀肥満の体を虚空に投げ上げた。

褌一丁の忠治が湯船の上の梁に飛び付き、
くるり
と身を回して梁の上に跨った。

湯船に入ってこないかぎり脱衣場からは見えなかった。

影二郎が再び湯に身を浸けた。

その代わり若菜が入り口に背を向けて立った。

乱暴に戸が開けられ、脱衣場に陣笠の役人が押し入ってきた。

おおっ
と若菜の括《くび》れた白い背を見たか、驚きの声を上げた。

若菜も悲鳴を上げて湯に身を沈めた。

動揺を隠した陣笠の侍が、
じろり
と湯船を覗き込んだ。

「夫婦仲良く湯に浸かっておるところを邪魔する無粋者はだれか」

しばし陣笠は答えなかったが、その口からこの声が洩れた。

「夏目影二郎様か」

「そういうおまえは八巻玄馬かえ」

「いかにも此度関東取締出役に新任された八巻玄馬にござる」

顎の髭の剃《そ》り跡も青々とした八巻の相貌《そうぼう》は、兄の初蔵に似ているところはなかった。

「矢板の寅五郎から言付けを聞いたか」

「聞き申した」

「ならば八州廻りの本分に立ち戻ることだ」

八巻の顔に迷いが走った。

薬師の湯に裸の影二郎と若菜がいた。

(兄の敵を討つ好機ではないか)

だが、八州狩り、八州殺しと異名をとる夏目影二郎はあさり河岸の、

「鬼」

と腕前を恐れられた剣客だ。

寅五郎に聞いた引田陰流の鎖鎌の名人早手大願と中条流の免許皆伝富田式部入道を始末した非情の技が、八巻玄馬を躊躇《ちゅうちょ》させた。

若い玄馬の脳裏に若菜のしなやかな裸身の残像が尾を引いて、動揺が残っていた。

刀の柄に行きかける手を強引に戻すと、

「夏目様、そなた様の父上が大目付常磐秀信様であられようとそれがし、御用となればそなた様とて立ち向かいますぞ」

「聞いておく」

と答えた影二郎は、

「そなたの兄は八州廻りの本分を忘れ、おれに始末された。弟のそなたはその轍《てつ》を踏まぬことだ」

玄馬の顔が悔しそうに歪《ゆが》んだ。

「見てのとおり、狭い湯におれと女房二人だけだ。だれぞを探しておるのならば他を当たれ」

顔を歪めたまま八巻が、

「夏目影二郎、兄者の仇必ず討つ」

と宣告すると薬師の湯から姿を消した。すると天井から忠治の溜息が一つ洩れた。

「内儀様、お礼を申しますぜ」

と声を残した忠治もまた薬師の湯の天窓から荷を下げて姿を消した。

四

白根山に向かう雪道逢《あい》ノ峰に時折り、
ずどーん
という銃声が響いていた。
関東取締出役八巻玄馬が手代、小者、矢板の寅五郎一家、猟師、雇い剣術家たちを総動員して、国定忠治とその一統を追い詰める銃声だ。
元日の昼過ぎから草津一帯は天候が回復して陽光が戻ってきた。
二日の朝が明けると山狩りの銃声が草津に響いてきて、人々は山を見上げ、
「これで忠治親分も最後だっぺ」

「いや、上州の山は忠治親分がよくよく知ってござる。そう簡単に江戸からきた八州廻りに捕まることはあるめえ」
「木戸を破られて八州廻りの旦那は怒り心頭というだ。八州廻りの面子もあらあ、一家を根絶やしにしなきゃあ、山は下りられめえ」
などと言い合っていた。
その正月二日の昼下がり、夏目影二郎は独り逢ノ峰から白根山への雪道を辿っていた。武者草鞋にかんじきを履き、万棒を頼りに一歩一歩と前進していく。
その前方をあかが主を先導していく。
雪道や斜面に残された足跡などで白根山の方角へ忠治一統がちりぢりで逃げ、それを八巻らが追い詰めているのが分かった。
時に山上のかなたから、
わあああっ
という悲鳴とも歓声ともつかぬ叫び声が聞こえてきた。
突然あかが立ち止まり、吠えた。すると前方の雪道から、
ばさばさ
と羽音をさせて鳥の群れが飛び立った。

あかが走った。

影二郎もかんじきの足で追った。

あかが激しく、そして哀しげに吠え、鳴いた。

雪の斜面に道中合羽に包まった渡世人がうつ伏せに倒れ、白い雪を血だまりが赤く染めていた。

忠治の子分の一人が銃殺された姿だ。それを鳥たちが突こうとしていた。

影二郎は片手拝みに合掌すると、

「あか、先を急ごうぞ」

と黙して亡骸を見詰める飼い犬に言いかけた。

主従は再び黙々と歩を進めた。すると今度は二人の渡世人の銃殺された亡骸が路傍に捨てられてあった。

一人は影二郎も見知りの小川の鉄三だ。

影二郎は見開かれた両の瞼《まぶた》を閉じてやり、縞《しま》の合羽で包んでやった。さらに進むと今度は斬り殺された死体が二つ、三つとあった。

矢板の寅五郎の子分が忠治一家の待ち伏せを受けて倒された姿だった。

忠治一家は八巻に指揮された八州廻りを倒しつつ、山の頂に向かい消耗戦を繰り返していた。

影二郎は足を止め、山を見上げた。

「あか、どうやらあの峰が白根山のようだな」

青く晴れ上がった空に六千六百余尺の白根山のなだらかな頂だけが見えた。八合目あたりから下は手前の雪の稜線に隠されていた。

見えないが頂の西下が山田峠、上州と信州の分水嶺だ。

影二郎とあかの進む雪の山道の勾配がきつく、雪が深くなった。さすがのあかの進みも段々と遅くなった。そして、
はあはあぜいぜい
と弾む息遣いばかりが雪山に響いた。

主従がいく右手の山の斜面に小さく二つの影が白根山を目指して這い上がるのが見えた。

新たな銃声が続けざまに響いた。

突然、雪の斜面に亀裂が走り、いくつもの雪の小さな玉が谷間へと走り出して、急速に大きく膨れ上がり、それが雪崩《なだれ》になって斜面を必死で登る、二人の忠治の手下を飲み込んだ。

糞っ！

八巻玄馬らは忠治の少ない手勢を確実に倒していった。

(なんとか山田峠を越えよ)

越えたところで八州廻りは寺社、勘定、町奉行の手札を持つ役人だ。大名領であれ、天領であれ、踏み込んで探索できた。

だが、影二郎はそう祈らざるをえなかった。

この数年、忠治とは旅のあちこちで出会い、助け、助けられてきた仲だ。

忠治が徳川幕府に楯突く渡世人、無法者ということを重々承知していた。だが、忠治の暗躍と行動を義賊と崇める背景には、天保の大飢饉と幕府の無為無策の対応がその根底にあることも確かだった。

上州の人々は義賊国定忠治に、

「世直し」

を期待していた。

夕暮れが迫っていた。

無言のままに影二郎とあかは北へと向きを変えた、険しい雪道を上がった。

平地に出た。

前方に黒い小山が出来ているのが見えた。

ちょんちょん

と二羽の烏が雪の原に飛び跳ねて、嘴《くちばし》に赤いものを咥えて取り合いをしていた。

あかが吠え立てた。

ばさばさ

と烏の群れが飛び上がり、忠治の手先が倒れていた。

体じゅうに烏に突かれた跡があって、だれか見分けがつかなかった。

「あか、急ごうか」

主従は雪原を横切り、正面の雪の斜面に挑んだ。人と犬とは互いに助け合い、斜面を登った。

奮闘すること四半刻、ふいに、

ぱあっ

と視界が開けた。

影二郎とあかは小さな尾根に立っていた。そして、その尾根と白根山の間には紺碧《こんぺき》の空を映した池が横たわっていた。

半ば凍りついた池の向こうに白根山がなだらかな稜線を見せて聳《そび》えていた。

その斜面に五つの影が頂を必死に目指し、さらに一丁ばかり下を大きく円弧を描く関東取締出役八巻玄馬ら捕り方の散開線が見られた。

生き残った忠治らはなぜか山田峠を避けて、白根山山頂に向かって逃走していた。いや、山へと追い込まれているのかも知れなかった。

一代の義賊、国定忠治の最後か。

影二郎の脳裏に旅で出会った短軀肥満の丸顔が、走馬灯のように浮かんでは消えた。

捕り方に加わる猟師の一人が鉄砲を構え、狙いを十分に定めて、撃った。

雪片を散らして飛んだ弾丸が忠治の手先の一人に見事命中し、一瞬立ち竦んだ手先は、わあああっ

と叫ぶと雪の斜面を転がり落ちてきた。

「八巻玄馬、おめえも幕臣の端くれなら尋常に勝負しねえ！」

忠治の悲痛な叫びが白根山に木霊《こだま》して、青空に吸い取られるように消えた。

その叫びに答えたのは猟師が放った銃声だ。

再び一人の子分が傷つき倒れた。

蝮の幸助のようだ。

幸助は下腹部を撃ち抜かれたか、それでもその場に踏ん張り止まり、ぺたりと尻餅をつ

くようにしゃがみ込んだ。

「鉄砲隊、全員撃ち方用意！」

得意げな八巻の命が響いた。

その命が山々に木霊して山彦となり、何度も何度も影二郎の耳に届いた。

鉄砲隊の五丁の銃口が忠治ら四人に狙いをつけた。

忠治たちも川越藩前橋陣屋から奪い取った洋製短筒を構えて、応射する様子を見せた。

だが、両者は半丁の間合いだ、短筒は鉄砲と太刀打ちできなかった。射程距離も違えば、命中精度も格段に異なった。

それでも忠治は短筒で最後の抵抗を試みようとしていた。

影二郎は忠治らの短筒の銃口が捕り方を狙わず、忠治らと捕り方らの間の雪の斜面に向けられているのに気付いた。

「撃ち方、始め！」

陣笠を被った八巻の手が雪山に閃いた。

鉄砲と短筒の銃声が同時に白根山山腹に響き渡った。

影二郎は忠治らの放った弾丸が雪の山腹に撃ち込まれ、その場所が、
ずずずっ

と滑り開いて、左右に亀裂が走るのを見ていた。

その亀裂を鉄砲隊の銃声が加速させ、雪の斜面が盛り上がり、一気に下方へと転がり落ちていった。

「雪崩だ！」

矢板の寅五郎か、絶望の声を張り上げた。寅五郎はそれでも雪の斜面下に走り逃げようとした。

だが、雪崩は巨大な雪の壁を形成して、八州廻りの手勢四十余人の頭上から襲いかかり、一飲みにすると影二郎とあかが立つ眼前の池へと押し流してきた。

大雪崩が池を直撃して巨大な水煙を上げた。

一瞬の裡《うち》に八州廻り八巻玄馬ら四十数人は雪とともに池へと姿を消し去った。

忠治の悪運、恐るべし！

影二郎は嘆息した。

忠治たちは弾丸を下腹に喰らった蝮の幸助を助けて、白根山山頂へと再び向かい始めた。

影二郎はしばし迷った末に、

「あか、忠治がなにを考えてのことか、最後まで付き合おうぞ」

と小さな尾根を下り、池を巻くようにして白根山の最後の斜面に取り掛かった。

国定忠治らは蝮の幸助を両脇から支えて雪の斜面を喘《あえ》ぎ喘ぎ登っていた。

「親分、おれを置いていきねえ。怪我人がいたんじゃあ、玉村宿に戻れめえ」

「泣き言言うねえ、幸助。一蓮托生《いちれんたくしょう》、忠治という名の舟に乗り込んだおれたちだ、見捨てることができるものか」

「すまねえ」

わずか四人になった忠治らは悪戦苦闘の末に白根山の頂き下の岩山に辿りついた。

「蝮、あとは一気に熊ノ湯まで下るぜ。信州に下れば医者も見付かる、おまえの傷の治療もできらあ」

「親分、助かるかねえ」

「助かるとも」

「年貢の納め時と思うがねえ」

忠治に供をするのは境川の安五郎、八寸の才市、怪我をした蝮の幸助の三人だけだ。

白根山下の岩山には大きな洞が口を開いていた。

忠治たちは草津に入る前に逃走用の田舟橇を三隻岩山に隠していたのだ。

「幸助、喜べ。血止めが出来るぜ」

「親分、水が呑みたいぜ」

「口を濡らすだけだ」

と主従がよろけるように洞の入り口に立ったとき、洞の中から、
ばさばさ
という羽音がして、無数の鳥が飛び出してきた。

驚く忠治主従が洞を見ていると岩肌を引き摺り歩く足音がした。

「だれでえ」

忠治が誰何の声を上げた。

菅笠に派手な友禅《ゆうぜん》をぞろりと着て、黒繻子《くろじゅす》の帯を胸前で結んだ五月女が差し出す一本の杖に縋《すが》った盲目の剣客西念寺一傳が姿を見せた。

「待っておりましたよ、忠治親分」

「おまえさん方、不自由な体で雪の白根山を登ってこられたか」

忠治の驚きはそのことにあった。

「諸国を流れ歩く二人にございます、雪山なんぞなにほどのことがありましょうか」

「驚いた」

正直な忠治の気持ちだった。

五月女の差し出す杖がぶらりと落ちた。

西念寺が杖を離したせいだ。

西念寺は見えない両眼を虚空に預けて、細身の刀の柄に手をかけた。

「西念寺様、おまえさんの雇い主八巻の旦那と一行は雪崩に打たれて成仏《じょうぶつ》なされましたぜ。となればわっしとおまえ様が争う謂《いわ》れはないはずだ」

「西念寺様は一旦こうと決められたら、最後まで意志は貫かれるお方ですよ。国定の親分、お命、貰い受けます」

と五月女が西念寺一傳に代わって答えた。

「そう正面きって挑まれたからには仕方がねえや」

忠治は三度笠と道中合羽を脱ぎ捨てると、長脇差の柄に手を差し伸べた。

岩山前の雪の斜面で二人が対決した。

間合いは三間。

雌雄を決するには踏み込む要があった。

戦機がじわじわと漲《みなぎ》り、今や爆発しようとしたその寸前、声がかかった。

「忠治、その相手、おれが務めよう」

西念寺の見えない両眼が影二郎に向けられた。

忠治がほっと安堵の声を洩らし、

「南蛮の旦那、此度ばかりは覚悟したぜ」

と後に引いた。

「西念寺一傳とやら、八巻玄馬の兄を始末したのは、いかにもこの夏日影二郎だ。おぬしの戦う相手はこのおれと見たがいかに」

一傳が声もなく薄く笑った。

影二郎はかんじきを脱ぎ捨てると、南蛮外衣を剝ぎ取った。

道具をあかの足元に投げた影二郎は着流しに一文字笠、足元は武者草鞋となった。

腰には法城寺佐常二尺五寸三分が差し落とされ、瘦身を、
すいっ
と西念寺一傳の前に進めた。

「そなたが殺生河原で見せてくれた烏斬り、おれが知る剣捌《けんさば》きにはないものだ。理に適うておるのかないのか」

「見極めよ」

盲目の剣客からこの一言が発せられた。

影二郎は頷くと西念寺一傳と五月女が醸《かも》し出す妖気に惑わされないためにも、ただ一撃

で仕留めると覚悟した。
そのためにはわが身を差し出し、肉を斬らせて骨を截《た》つしかないと腹を固めた。
西念寺は烏斬りの折と同様に細身の剣を右手一本に立てて構えた。
影二郎の豪剣は未だ鞘の中だ。
間合いは二間を切っていた。
西念寺の五感は視覚を失った代わりに残る四つの感覚が鋭敏に研ぎ澄まされていること
を影二郎は承知していた。
(視覚に頼るな)
と影二郎の剣者の本能が教えていた。
影二郎は静かに両眼を閉じた。
おおおっ
という驚きの声が八寸の才市の口から洩れた。
「南蛮の旦那」
雪の上にへたり込んで血が噴き出す傷口を手で押さえた幸助が呟いた。
凍《い》て付くような時が静かに流れた。
なにかを感じたか、あかが尾を引くように鳴いた。

その瞬間、両眼を閉じた影二郎が西念寺の内懐に飛び込んだ。

西念寺が影二郎を呼び込むと片手斬りを振るった。

影二郎の手が先反佐常の柄にかかり、一気に引き抜かれた。

豪剣が鞘走り、影二郎は死の匂いを眉間《みけん》に感じた。

ばさり
一文字笠が切り割られた。

その瞬間、先反佐常が西念寺の細い胴を深々と撫で斬り、叫びも上げずに西念寺は雪山を転がり落ちていった。

影二郎は新たな殺気を左前方から察した。

杖に仕込まれた直刀を振り翳した五月女の顔は憎悪を漲らしたものと変わっていた。

「西念寺様の仇！」

迎え撃つことを諦めた影二郎は右手の雪の原に自ら飛んだ。

五月女が圧《お》し掛かるように直刀を振り翳して迫ってきた。

その時、影二郎はすでに佐常を手元に引き付け、反りの強い切っ先を突き出していた。

げえぇっ
五月女の喉元が斬り裂かれて、血飛沫が振りまかれ、五月女の体もまた雪の斜面に落ちると西念寺一傳の後を追うように転がっていった。

沈黙が夕闇迫る白根山岩山を支配した。

長い静寂の後、

「旦那、助かったぜ」

と忠治が呟いた。

「忠治、これで若菜を助けてくれた貸し借りはなしだ」

「どうでもいいことだ」

「ならば一刻も早く幸助を医者に診《み》せることだ」

田舟橇が洞から引き出される間、影二郎は幸助の下腹の血止めをして印籠の気付け薬を与えた。

夕闇がさらに迫っていた。

一隻の田舟橇に幸助を寝かせ、その前後に忠治と安五郎が乗った。もう一隻には大男の八寸の才市が跨った。

「忠治、草津に降りたら人手を出しておまえの子分の亡骸を里まで下ろして菩提《ぼだい》を弔おう」

「頼もう、旦那」

忠治がそう言うと懐から巾着《きんちゃく》を摑み出し、影二郎に投げた。

二隻の田舟橇が信州の熊ノ湯目指して駆け下り始めた。

影二郎の手にずしりと重い巾着が、供養料が残った。

「あか、おれたちも下ろうか」

心得た顔のあかが残された一隻の田舟橇に飛び乗り、影二郎が跨ると橇は雪の斜面を草津に向かって走り出した。

第四話　猿面冠者《さるめんかんじや》

一

小正月も過ぎ、梅の季節も終わった江戸に早咲きの桜が見られた。日差しもどことなく明るさを増していた。

だが、江戸じゅうが陰鬱な空気に包まれて、沈んでいた。

わがもの顔に江戸の町を伸《の》し歩き、天保の改革のお触れを厳しく取り締まる、

「南町奉行所御禁令取締隊」

のせいで料理屋も呉服屋もひっそりと息を潜めて、こそこそと商いを続けていた。

年が明けて水野忠邦の改革はさらに厳しさを増して進んでいた。

そんな江戸へ嵐山の一家が戻ってきた。

数日前に降った雨が乾いた江戸の町を湿らせ、馬糞が飛び舞うのを押さえてくれたことが救いだった。

板橋宿から三丁の駕籠を連ねて浅草門前西仲町に戻る道中、添太郎は知り合いの菓子舗甘味大楽が暖簾を下ろしているのを見て、

「影二郎、もはや甘味大楽の砂糖をたっぷり使った蒸羊羹《むしようかん》は食べられませんか。湯にも飽きて江戸に戻ってくるのは楽しみでしたがな、これを見たらがっかりしましたよ」

と影二郎に話しかけたものだ。

嵐山には板前の弘三郎がすでに国許から戻っていた。

弘三郎は弘三郎でご禁令に触れぬ食べ物を考えてきたようで若菜と額を寄せ合い、

「この蕎麦餅はいけますよ、若菜様」

「弘三郎さんが工夫なされた鰯《いわし》のつみれ団子もおいしそうですこと」

などと話し合い、明日から試作に入ることが決まった。

影二郎はその夜は嵐山に泊まった。

若菜と一緒の夜を過ごした影二郎が若菜に、

「とうとうやや子は出来なかったか」

「影二郎様、申し訳ないことにございます」

と謝る若菜に、

「明日からはまた当分離れ離れじゃ」

としなやかな体を抱き寄せたものだ。


翌日、朝餉を食した影二郎とあかは嵐山をあとにして、三好町の市兵衛長屋に戻ろうとしていた。

札差が並ぶ御蔵前通りもどことなく活気がない。

空の大八車を引いた車引きが、

「おい、留、これじゃあ、上がったりだぜ。朝、一度荷を運んだら、もう運ぶ品がねえんだと」

「こうお触れがきつくちゃあ、品が売れねえ。売れないと品は動かねえ。動くものがねえとおれっちの口が干上がる」

「かかあは喚く、がきは泣くか。ものの道理だぜ」

「糞っ！」

と言い合いながらすれ違った。

まだ刻限も昼前だ。

影二郎の足は三好町の長屋には曲がらず、御蔵前通りを真っ直ぐに進み、浅草橋を渡った。

主従は浅草御門を潜って旅人宿、公事宿が集まる馬喰町へと入っていった。こちらもどことなく閑散としていた。

小伝馬町から鉄砲町に入り、大横丁へ曲がり、道浄《どうじょう》橋を渡ると、一日千両が動く町、魚河岸だ。

こちらも人影が少ないうえに魚河岸の若い衆に精彩がみられなかった。

もはや老中首座水野忠邦の改革は節約・倹約の域を超えて、商いの息の根を断つ商行為の全否定の様相を見せ始めていた。

影二郎にはこれで幕府の財政が改善され、世の景気が立て直されるとも思えなかった。

日本橋川の地引河岸にはこの刻限、江戸湾じゅうの魚場、遠く相模灘《さがみなだ》から魚を運んできた押送船《おしおくりぶね》が舳先を並べているものだが、数隻が舫《もや》われているだけだ。それも何日も前から停泊している気配があった。

影二郎とあかは日本橋を渡った。

さすがにこの橋だけは人の往来はいつもどおりだ。だが、行き交う人の顔色はどれも優れなかった。

高札場にはまた新しいお触れが出たのか、舌打ちの音が響き、嘆きの声が洩れてきた。

東海道をひと筋進んだ主従は呉服町へ入った。

江戸の老舗が並ぶ通りは店開きこそしていたが、どこも番頭手代が手持ち無沙汰に往来を見ていた。

伊勢に本店がある松坂屋の店先に大八が止まって、車引きと手代が何事か話していたが、

「精さん、すまないね。お客様からお断りがきたんだよ。花嫁衣装を京で誂《あつら》えるなど贅沢の限りであると上役に叱責《しっせき》されたとかでさ。うちだって誂えた花嫁衣装に道具一式どうしていいか、番頭さんは大損だと青い顔をされてますのさ」

「呉服屋殺すにゃ刃物は要らぬか、お触れの一つもあればいい。いいさ、松坂屋さんはよ、蔵に蓄えがありなさる。だが、おれっち、車引き風情は仕事がこなけりゃあ、一家で首を括《くく》るしかねえんだよ」

「そう言わないでおくれよ、お互い様なんだからさ」

御堀に架かる呉服橋を渡った。

遠山左衛門尉景元が奉行の北町奉行所前の広場に来ていた。広場には訴えの町役たちが呼び出しの番を待っていた。

影二郎の足が止まった。

道三河岸《どうさんがし》の方向から長棒駕籠の行列がやってきた。

先徒士《さきかち》、槍同心、駕籠脇侍に警護され、挟箱《はさみばこ》など小者を従え、陸尺《ろくしやく》四人に担がれた駕籠の主は、北町奉行の御城下がりと思われた。

影二郎は広場の端に退いて一行を見送る格好になった。

行列が門内に消えた。が、駕籠脇侍の一人が再び姿を見せると影二郎のところへ小走りに寄って来た。

「夏目影二郎どのにございますな」

「いかにも夏目にござる」

「奉行がお呼びにございます」

遠山は駕籠の中から表を見ていたらしい。

頷いた影二郎はあかに、

「ここにおれ」

と命じて遠山の従者に従った。

北町奉行を乗せた駕籠は内玄関前に止まっていた。

駕籠の脇で片膝を突いた影二郎に、

「久しゅうござるな、夏目どの」

と声がかかった。

扉は閉じられたままだ。

北町奉行と素浪人は公式には対面していないという趣だ。

「遠山様には町奉行ご出世祝着にございます」

と影二郎も挨拶を返した。

まだ無役であった時代、遠山景元は単に、

「金四郎」

とか、

「桜吹雪の金さん」

と呼ばれて、江戸の闇の世界にも出入りする無頼の徒であった。

互いに出自と行動が似通った金四郎と影二郎は、伊豆代官江川太郎左衛門を通して知り合った仲だ。

「こんな世の中だぜ。町奉行になってうんざりしていらあ」

と伝法な調子で北町奉行が答え、

「影二郎どの、そなた、江戸を留守にされていたな」

と聞いた。

「それがしの祖父が営む料理茶屋が商い停止になりました。こんな機会でもなければと、年寄りを連れて湯治に行き、昨日戻って参りました」

「大方、そのようなことかと推測しておった」

「それがしに御用にございますか、遠山様」

「父上の近況、ご存じないようだな」

「父がいかが致しましたか」

「まだ正式な沙汰ではござらぬが常磐秀信どの御役御免にて、屋敷に蟄居《ちっきょ》謹慎されておられる」

「父がなんぞ失態を仕出かしましたか」

「十日前、閣老直裁判が開かれ申した」

大名家の内紛など大事件は老中の採決で決まった。

その場には寺社奉行、町奉行、勘定奉行、大目付、目付が陪席する習わしで、これを閣老直裁判と呼んだ。

「その席で常磐秀信どのは遠回しながら、天保の改革のお触れを取り締まる町奉行所の一部の手先の行動が行き過ぎておる、これは人心を幕府から離れさせる行為だとして、今少し緩やかにできぬかと提言なされた。もっともな言い分、遠山も同じ考えにござった。だが、南町奉行の鳥居どのが激しく反論なされて、布告は徹底されてこそ意味がござる、それを忠実に遵守《じゅんしゅ》して苦労しておる南町奉行所の御禁令取締隊を非難するなど閣僚にあるまじき考えかなと、反対に常磐様を面罵《めんば》なされた」

「ほう、そのようなことが」

「その場は水野様の取り成しにて納まりましたが、数日後に大目付解任が内々に通告されたそうな」

「父には大目付の職はちと荷が重すぎたやもしれませぬ。今頃、ほっとしておるのではございますまいか」

「影二郎どの、それがし、閣老直裁判の場でご政道を糺された常磐どのの勇気に感服致しておる。ただ今の改革は明らかに行き過ぎにござる。これでは改善されるどころか、商いも暮らしも疲弊《ひへい》していくばかり」

江戸町奉行は、江戸の治安ばかりか経済活動をも監督する権限を有していた。その当事者が水野忠邦の政策を批判していた。

「常磐秀信どのの失脚の背後には明らかに鳥居どのの策動がござる。そなたもご存じのとおり、鳥居どのは一旦狙った人物はとことん叩きのめして二度と立ち上がれぬようにする名人にござってな」

駕籠の中から乾いた笑い声が聞こえた。

「影二郎どの、父上の身辺に注意なされよ。それを申したくてそなたを呼んだ」

「遠山様、有難きご配慮に感謝の言葉もございませぬ」

影二郎は礼の言葉を口にすると、北町奉行所の内玄関前から静かに辞去した。

遠山の危惧は当たっていると思えた。

老中首座水野忠邦はその配下に多彩な人材を擁して天保の改革を進めようとしていた。改革を弾圧、急進的に推《お》し進めようとする旗頭が妖怪鳥居耀蔵であり、穏健に幕府の財政改革を推進しようというのが常磐秀信であり、遠山景元だった。

鳥居は水野が信頼し、頼りにする穏健派が許せなかった。どんな手を使っても水野の周辺から遠ざけようとしていた。

その鳥居が常磐秀信失脚に動いた以上、ただ大目付の地位を奪うだけではすむまいと遠山は考え、影二郎もまた気にかけた。

「あか、馬喰町に戻るぞ」

呉服橋から一石橋《いっこくばし》を渡った主従は金座裏を抜けて、馬喰町の裏手にある煮売酒場の猪熊に立ち寄った。

暖簾を分けると坊主頭の二代目猪熊、今朝次が小僧に鰹節《かつぶし》を削らせていた。

客は三人ばかりで鯖《さば》の煮付けでどんぶり飯を掻き込んでいた。

「影二郎様、湯治から帰られましたかえ」

猪熊が影二郎を見てうれしそうに言った。

「昨日、戻って参った」

「刷毛平が影二郎さんに礼がしたいと言っていますぜ」

昔仲間の寒鳥の平吉こと経師屋刷毛平の陥った危難を取り除くために、密かに南町奉行同心佐々木一心と御用聞きの勝五郎を影二郎が始末した。

そのことを猪熊は言っていた。

「忘れろ」

影二郎は言うと、

「猪熊、小僧に使いを頼みたいができるか」

と聞いた。

「このとおり、昼間は暇だよ、なんなりと命じなせえ」

「柳原土手の郡代屋敷まで手紙を届けてほしい。手紙は今書く」

影二郎は猪熊の小上がりに座り込むと、菱沼喜十郎に宛てて文を書いた。

「こいつを頼もう」

鰹節を削っていた小僧に駄賃を渡して使いに出した。

猪熊が茶碗酒を影二郎に運んできた。

「湯治はどうでしたえ」

「体じゅうがふやけた気持ちだ。年寄りは冥土《めいど》の土産話ができたと喜んでいたがな」

「なによりの爺様婆様孝行だ」

影二郎が茶碗酒に口を付けると表で、

「読売だ、読売だぜ。上州に血の雨が降る大事件だ！」

と読売屋が大声を張り上げた。

猪熊が、

「一枚くれ」

と腹掛けから銭を出して読売を買った。それに目を落とした猪熊が坊主頭をぴしゃぴしゃ叩き、

「影二郎さんよ、国定忠治が例幣使街道玉村宿の主馬とかいう二足の草鞋の親分を襲って首を斬り落とし、利根川の河原に晒《さら》したそうだぜ」

と叫んだ。

白根山を田舟橇で信州へと滑り下った忠治と八寸の才市らは再び故郷の上州に戻り、関

東取締出役中川誠一郎の手先の主馬の首をとったようだ。

なんとも早業だった。

子分を主馬に殺された恨みとはいえ、此度の所業によって忠治は、いよいよ八州廻りの中でも一番手強《てごわ》い中川を敵に回したことになる。

今や昔の威勢は消え、手勢の少なくなった忠治が中川の追跡からいつまで逃げ果《おお》せるかどうか。

影二郎は草津の薬師湯の梁に褌一丁で跨っていた名代の渡世人を思い出していた。

影二郎が二杯目の酒に口をつけたとき、小僧に案内されて菱沼喜十郎とおこまの親子が姿を見せた。

「屋敷におうおったな」

「影二郎様、厄介が生じてございます」

と影二郎の問いには答えず、喜十郎が言った。

「まあ、上がらぬか。父上のことなれば、北町の遠山様から聞いた」

「お聞きになられましたか。われらもどうしてよいものか思案にくれておりました」

猪熊が燗をつけた徳利と杯を運んできた。

「猪熊はおれの昔仲間でな、気兼ねはいらぬ」

猪熊が坊主頭をぺこりと菱沼親子に下げて、

「用事があれば呼んで下せえ」

と奥へ下がった。

おこまが影二郎の空の茶碗に熱燗を注いだ。

「父の様子は分からぬか」

「謹慎なされているお屋敷を真昼間に訪ねるわけにはいきません。そこで日が落ちると裏口から奉公人が買い物などに出入りしておられるのに目をつけまして、おこまが二度ばかり忍び込んで秀信様にお会いしました」

影二郎の視線がおこまにいった。

「殿様は鳥居様に嵌《は》められたと悔しがっておられました」

「これを機に寄合に戻られればよいではないか」

旗本三千石以上は役を終えれば寄合席に編入された。

「影二郎様、一旦ご政道に加わられた方はなかなか無役に戻る気持ちにはなれないものです。それに鳥居様がなにを考えておいでか、心配なされておられました」

「やはりのう」

「鳥居様の密偵があることないこと、殿様の身辺を探って失態の原因をでっち上げるは必定にございます。常磐家は断絶、殿様自身は腹を切らされるやもしれぬと無念が滲んだ顔で吐き棄てられました」

おこまが言った。

「大目付常磐秀信には失態はないはずだ。ただ、閣老直裁判の場で考えを申した以外に此度の処置は考えられぬとも、おこまに何度も訴えられました」

頷いた影二郎は、

「父の望みはなんだな」

「大目付として仕事、道半ばである。遣り残したことも遣り遂げて身を退きたいとのことです」

「失脚しただれもが口にする言葉よ。どんな人物でも、いつの時代でもそれに代わる人材はおる。権力の中枢にいればいるほど自惚《うぬぼ》れが生じてな、かくの如き考えを口にする」

「影二郎様、それではあまりにも殿様がお可哀想にございます。ただ今のご政道改革は拙速に過ぎます、これではものの根本を変えることは出来ませぬ。殿様はそのことを承知の方にございます」

「だが、鳥居の強引な追い落としに敗れて蟄居謹慎の身だ。さてどうしたものか」

「殿様は影二郎様の江戸帰着を待ち望んでおられました。どうかお力になって下さいませ」

と大目付常磐秀信の女密偵が縋るような目で影二郎を見詰めた。

「小才次はどうしておる」

「それにございます。閉門になった屋敷から小才次さんの姿が消えて、殿様も行方は分からぬと申されておられました」

おこまは訝しい顔をした。

二

夕暮れ迫る馬喰町の辻で菱沼親子と影二郎、あかの主従は二手に分かれた。

影二郎と菱沼親子は猪熊で一刻半ばかりあれこれと話し合い、菱沼親子は対抗策として妖怪鳥居甲斐守耀蔵の身辺を探ることに専念する考えで一致した。

影二郎は室町の浅草弾左衛門邸へと足を向けた。

弾左衛門が草津の湯守河原屋半兵衛を紹介してくれたのだ。

その礼を口実に鳥居についてなにか承知のことは聞いてみようと考えたのだ。

弾左衛門の情報網は幕府のそれに匹敵するか、それ以上に強力なものであった。

弾左衛門の支配下の者たちは御城の中奥《なかおく》から吉原の糞尿の処理まで任されていた。

人間一人になって、つい気が緩む場所がある。

厠《かわや》もその一つだ。

こんな場所で洩らされた片言隻語から弾左衛門が大騒動を嗅ぎつけたことも二、三ではきかない。

鳥居耀蔵が気を張って弾圧に走れば走るほど、鳥居自身にかかる精神的な負担は計り知れないものがあろう。

だが、妖怪鳥居は周辺に弱みを洩らすことはない。

もし一人になった鳥居が本音を呟くとしたら、厠しかあるまい。

となれば、将軍を中心として構築された封建表社会と相似形の裏社会を構成し、その頭領に君臨する弾左衛門の情報網と組織力に、影二郎は頼ろうとした。

だが、室町屋敷には弾左衛門はいなかった。

浅草新町の屋敷に戻っていた。

「致し方ないわ、三好町に戻ろうか」

あかに言いかけた影二郎は日が落ちて暗くなった神田川を渡った。

御蔵前通りに冷たい風が吹いていた。

そのせいで常夜灯の明かりが消えていた。

人馬や駕籠の往来も少なかった。

次々に打ち出される倹約・緊縮の御禁令で、江戸が日一日と商いの活力を失っていた。

だが、このような陰で金儲けをしている連中がいるはずだ。それはこれまでの改革が教えていた。

水野忠邦の改革は本来そちらに目が向けられるべきものであった。それに目を瞑《つむ》り、町人庶民が楽しみにする歌舞伎は駄目、娘浄瑠璃は禁止という政策は本末転倒したものであった。

御蔵前通りから三好町の裏通りを曲がった。

三好町の通りの南側は御米蔵一番蔵と運河に接し、その先は大川端に通じて御厩河岸之渡し場があった。

渡しは終わっていた。

まだ六つ半過ぎというのにさらに暗く沈んでいた。いや、なにかもやっと重く湿った靄《もや》が裏通りに漂って息苦しかった。

主従は歩を進めた。

刻限も早いというのに、界隈の住人は長屋にひっそりと籠《こも》っていた。

あかが咳き込んだ。

影二郎とあかは市兵衛長屋の木戸に辿り着き、木戸口から大川端御厩河岸にかけて漂う妖気を訝しくも見た。

靄の中から、
コンチキチコンチキチ………

と鉦《かね》の音が響いてきた。

「あか、木戸内に入っておれ」

一文字笠を被り、左肩に南蛮外衣をかけた旅姿の影二郎は自ら濃い靄の中へと身を入れた。

視界が閉ざされた。

妖気が渦を巻いて走り出した。

乱拍子に高鳴る鉦の音とうねる靄の渦が影二郎に幻覚を呼んだ。

真っ直ぐに立っているつもりで上体が傾き、足元がぐらつくような感覚に襲われた。

きいっきいっ
という尖った獣の鳴声が響き、あかが吠え立てた。

その瞬間、靄の四方から殺気が押し寄せてきた。

影二郎は揺曳感《ようえいかん》に苛《さいな》まれながらも肩の長衣の片襟を摑み、胸前で捻りを入れながら回転させていた。

南蛮外衣の裾に縫い込まれた二十匁の銀玉が靄を吹き飛ばすように広がり、追い立てた。

刹那靄が薄れ、飛来する影を見た。

南蛮外衣が四方から殺到する飛道具を叩き落し、包みこんで、その悉《ことごと》くを阻止した。

一瞬の対応であった。

南蛮外衣が力を失い、影二郎の手元に戻ってくると地面に無数の小しころが落ちていた。

しころとは忍具の一つ、鋸《のこぎり》のことである。

長さ四寸幅一寸ほどの小しころの先端は剣状に尖り、片切刃が鋸になっていた。刃が曲がりしなるしころは、忍び者が帯や襟の間に隠し持ち、捕らえられたときには牢格子を挽《ひ》き切り、床に穴を穿《うが》ち、逃走の道具として利用した。だが、もはや絶体絶命と悟った場合、自殺のために使う隠剣であった。

靄がさらに薄れ、幅五間の運河の向こう、一番蔵の軒下や御厩河岸を背にして川端に灰色の装束を着て、顔を猿面冠者に描いた一団がいた。

「芸はそれだけか」

一人だけ大川を背にした赤猿の手には鉦があって低く調べを刻んでいた。

「初対面のご挨拶にござる」

と応じた鉦方の手が再び乱拍子に動き出した。

動きを止めていた一団の猿面冠者が運河を自在に飛び越えて、影二郎を輪に囲もうとした。

一団の動きを操っている者が鉦方の赤猿だ。

影二郎は再び南蛮外衣に力を与えた。

相手の輪に合わせて、表地の黒羅紗と裏地の猩々緋の花が大きく開いた。

影二郎の手首が微妙に揺れた。すると大輪に咲いた南蛮外衣の花は、野分けの海のように荒れ狂った。

その外を回転する猿の手には、新たに棍飛《こんひ》と呼ばれる切子型の分銅《ふんどう》を付けた三尺ほどの鉄鎖が保持され、それをぐるぐると回転させて影二郎に四方から投げつける様子を見せていた。

南蛮外衣の動きが停止したとき、間を置くことなく棍飛は飛来するだろう。

影二郎は南蛮外衣をふいに虚空へと投げ上げた。

円に広がった南蛮外衣が、
ふわり

と回転しながら舞い上がり、その下に影二郎の痩身が無防備に立っていた。

一瞬、猿面冠者たちの視線は宙を舞う南蛮外衣にいった。

影二郎の片手が一文字笠の縁に動いたのを見落とした。

珊瑚玉《さんごだま》の飾りをつけた両刃《もろは》の唐かんざしが一文字笠の骨の間に差し込まれていた。

影二郎の手が珊瑚玉にかかると、無音の呼吸で投げられた。

唐かんざしは未だ舞い広がる南蛮外衣の下を飛んで、
ぐさり
と鉦方の首筋に突き立った。

鉦の音がふいに止み、猿面冠者がよろよろと後退した。それでもなんとか踏み止まった。

ううっ
という叫びを洩らしながら、手から鉦を落とした赤猿が必死で首に突き立った珊瑚玉の唐かんざしを抜いた。

傷口から血が噴出した。

憤怒《ふんぬ》の表情の赤猿が、

「おのれ」

と苦痛の呻きの間から洩らし、手の唐かんざしを影二郎に投げ返した。だが、力は弱かった。

影二郎は飛んできた唐かんざしを難なく片手で摑むと、もう一方の手で落ちてきた南蛮外衣を引き寄せた。

赤猿がよろめきながらも大川端へと下がっていった。

仲間の猿面冠者も退却していった。

靄が晴れ、いつもの三好町の河岸道に戻った。

あかが天水桶に走り、吠えた。だが、それは敵意を見せてのことではなかった。

天水桶の背後から姿を見せたのは常磐秀信の小者にして密偵の小才次だ。

「影二郎様、命拾いをしましたよ」

「騒がしき者どもを引き連れて参ったな」

「恐縮にございます」

影二郎は一文字笠に唐かんざしを戻しながら、小才次が怪我をしている風はないことを確かめた。

「思わず働かされた。最前飲んだ酒の酔いも醒めた。小才次、付き合え」

「へえっ、お供致します」

御厩河岸之渡し場には茶店が何軒かあった。渡しが終わった後のことだ、暖簾は下ろされていた。

だが、茶店の裏手に船頭らを相手にする煮売り酒場が軒を連ねていた。

影二郎は小才次をその一軒に連れていった。そこでは簡単な菜で酒も飲ませてくれた。

「夏目の旦那、お久しぶりだねえ」

顔見知りの女房が声をかけた。

「最前までさ、この界隈に怪しげな靄が立ち込めてさ、なんだか私どもは気分を害して、ぼうっとしておりましたよ。一体全体どうしたというのかねえ」

「老中水野様の改革風か、鳥居奉行の御禁令と申す靄ではないかのう」

「いかにもそんなことかも知れませんねえ。あれも駄目これも駄目のお触れの大安売りだ。気分が未だ優れないったらありゃしないよ」

と女房が声を潜めた。

「酒と肴を見繕ってくれぬか。それとあかにぶっかけ飯を与えてくれ」

「あいよ」

影二郎と小才次は空樽の腰掛に座って向かい合った。

「小才次、どこに潜んでおった」

「殿様が蟄居閉門を命じられた背後には妖怪どのの策動があると見ましたんでねえ、下谷長者町の屋敷に雇われ中間《ちゅうげん》で潜り込んだんで」

　鳥居耀蔵は江戸町奉行に就任すると当然数寄屋橋の南町奉行所内の役宅に引き移った。だが、下谷長者町の拝領屋敷はそのまま残されていた。

　いくら密偵の小才次とて南町奉行所に入り込むのは至難のわざと考え、下谷長者町の屋敷に狙いをつけたようだ。

「それにしても敵の多い妖怪鳥居の屋敷によう入り込めたな」

「鳥居家出入りの口入屋に金を掴ませ、庭掃除から薪割と台所の下男に雇い入れられたところまでは上出来でした。主が数寄屋橋に引っ越したんで、下谷長者町の屋敷の警戒も緩んでいたんでなんとか入り込めたんでさ」

「主のいない屋敷に先ほどの猿面冠者どもが巣くっておるか」

「はい。あやつどもを指揮しておるのは糸永主水《いとながもんど》と申す、ひょろりとした骸骨のような老人にございましてな、夜分密かに戻って来られる妖怪どのは主水を呼ばれて一刻ほど密談をしていきますので」

「江戸町奉行は職務柄御城にあるときは別にして日夜を問わず数寄屋橋にあることを命じられておる。それが拝領屋敷に戻ってよからぬことを指図しておるか」

「おっしゃるとおりと推量しましてねえ。昨日から主の帰宅が伝えられておりましたんで、昨日のうちから密談が行われる書院下の床に潜り込みましたんでさあ、それがうまくあたりました。本日は珍しくも昼下がりにお忍びで屋敷に戻ってこられました」

鳥居は上野、武蔵、伊豆領内の二千五百石の領地を所有していた。その拝領屋敷の広さは千五百坪ほどあった。

「なんぞ分かったか」

「先ほどの猿面冠者どもは殿様の仮蟄居閉門をお家改易、常磐秀信様の切腹に変えるために策動しておる連中にございますよ」

「奇態な連中を雇ったものだな。いよいよ父上は雪隠詰《せっちんづ》めか」

酒と菜が運ばれてきた。

魚は柳かれいの一夜干しを焼いたものだ。

あかにはむつの煮魚の骨をまぶした飯が丼に盛られていた。

「あか、食べな」

あかは嬉しそうに食べ始めた。

小才次が影二郎と自分の盃《さかずき》を満たした。

二人はゆっくりと口に熱燗の酒を含んだ。

「話の様子ですと老中水野忠邦様が殿様の処断には反対なされているとか。そのためになんとしても罷免切腹させるだけの口実をでっちあげねばなりません。妖怪どのが奴らの尻を叩いて督励させているところまでは聞き耳立てていたんですがねえ。その途中に猿面冠者どもに囲まれたんで、なんとか屋敷からは逃がれることが出来ました。ところが相手はこっちの行く先を突き止めんと巧妙にも尾行してきやがった。いくらなんでも小川町の屋敷に戻るわけにはいきませんや」

大目付常磐秀信の拝領屋敷は小川町にあった。

小才次は秀信との関わりを疑われないように影二郎の長屋に向かった。

「影二郎様に一縷《いちる》の望みを託して長屋に参ったのですが、留守でございましてねえ、にっちもさっちもいかないような糞溜めに足を突っ込んだ矢先に光明が差し込んだので」

「父上の命を水野忠邦様が繋いでおられるか」

影二郎は自問するように呟いた。

「どうやらその様子で。ですが妖怪がこのまま諦めるとも思いません。なんとか手を打たねば常磐家は断絶、殿様は切腹に追い込まれます。それも日限が迫っている様子にございます」

と小才次が不安の顔をした。

「小才次、湯治から昨日帰ったばかりで、先ほど喜十郎とおこまの親子に会ったところだ。

二人には妖怪の弱みを探せと命じてある」

「ならば私も菱沼の旦那の下に入り、手助けしとうございます」

と影二郎に許しを乞うた。

影二郎は少し冷えかけた酒を口に含むとしばし考えた。

「小才次、その線は喜十郎とおこま親子に任せようか。そなたは小川町に戻れ」

「畏《かしこ》まりました」

「常磐の家には頼りになる者がおらぬ。紳之助兄など女子供ほどの役にも立たぬ。その上、父上はあれで気が弱い方ゆえ、万が一のときにはそなたが力になれ。おれが駆け付けるまでの間をなんとか凌ぐのだ」

「承知しました」

「あかを連れていけ。あかなれば市兵衛長屋か嵐山か、おれの居場所は勘で探そう。伝令よ」

影二郎は足元に蹲《うずくま》るあかに役割を言い聞かせ、命じた。

あかはそのことが分かったように小さく吠えた。

小才次とあかが煮売り酒場から消えた後、影二郎は新たな酒を頼んで飲み干し、ようやく御輿《みこし》を上げて、市兵衛長屋に戻った。

年の暮れから人影のなかった長屋は冷え切っていた。

土間にも寒さと湿気が漂い、影二郎は苦労して行灯に明かりを入れた。すると上がり框に一通の書状が置かれてあった。

宛名は確かに夏目影二郎であった。

だが、差出人の名はなかった。

封を切り、手紙を読んだ影二郎は年を越した水甕《みずがめ》に柄杓《ひしゃく》を突っ込み、冷え切った水を、喉を鳴らして飲んだ。

そして、点したばかりの行灯の明かりを吹き消すと再び長屋を出た。

煌々《こうこう》とした月明かりが江戸を照らしていた。

だが、御蔵前通りに人影は絶えていた。

孤影を引いて歩む着流しの痩身が唯一行き違う一団は、

「南町奉行所御禁令取締隊」

の無粋者たちだ。

影二郎を認めるとその行く手を塞《ふさ》ごうとしたが、痩身白面に漂わす静かなる殺気に声をかけることも適わなかった。

影二郎は一団に話しかける言葉も余裕も与えずに歩み去った。

それを取締隊の面々が、

「あやつ、いったいだれだえ」

「畜生！　足が竦み、口が利けなかったぜ」

と死の翳を漂わす背を見送った。

三

影二郎は馬場先堀を渡り、御城の東側の大名小路に入ると遠州浜松藩上屋敷の門前に立った。

この一角には老中職など幕閣に連なる譜代大名が屋敷を構えていた。

影二郎の立ったのは、天保の改革を強引に推し進める老中首座水野忠邦の江戸屋敷だ。

影二郎はひっそりとした水野邸の通用口に訪《おとな》いを告げ、名を名乗るとしばし門前で待たされた。だが、一素浪人が老中首座に対面するために要した時間は破格に短いともいえた。

それだけ水野忠邦が影二郎の来訪を待ち望んでいたともいえる。

いつもは夜分であれ、邸内には猟官や願いを求める大身旗本、大名諸家の用人や留守居役が主の呼び出しを待たされていたが、それもいる風もなく、奥書院へと通された。

「入れ」

小袖の上に袖無しの綿入れで執務をしていた忠邦が命じた。文机《ふづくえ》に向かい、背を向けたまま声が発せられた。

「御免」

座敷の入り口に南蛮外衣と一文字笠、それに法城寺佐常を置いた影二郎は忠邦の背に向かい合うように座した。

しばらく忠邦はその姿勢で執務を続けていた。

影二郎は無言のままに待った。

ふいに忠邦が影二郎へと体の向きを変えた。

「どうだ、草津の湯治は」

「江戸を逃がれた湯治客で賑わっておりましたな」

「江戸を逃がれる事情があるのか」

「どこぞのお方があれも駄目これも駄目の御禁令を矢継ぎ早に出されるゆえのことにございましょう」

「無粋か」

忠邦の面《おもて》に疲れた笑いがこびりついた。

「新任の関東取締出役が草津に出張り、行方を絶ったという知らせが来ておる。そなた、なんぞ知らぬか」

「それがし、じじ様ばば様孝行の旅にございますれば無粋な話は一向に存じませぬ」

「そう聞いておく」

どうやら国定忠治と八巻玄馬の戦いの詳細は未だ江戸に届いておらぬと見えた。ということはこの一件が用事ではない。

「そなたに申すのも無益なことだが家斉様の治世が五十年もの長きにわたり続き、大御所政治の悪弊が城中から下々まで至るところにこびりついておる。その上、先の大飢饉で米価は高騰《こうとう》し、大名家の財政も裏長屋暮らしの米櫃もからんからんと乾いた音を立てておる。それでも幕閣にある者を始め、三百諸侯に旗本まで幕府は安泰と考えておる。この状態を立て直すには、夏目瑛二郎、どのような手立てがある」

「まずは目を覚まさせることだと申されますか」

「拙速に過ぎる、過剰に過ぎると非難されようと、ただ今幕府の御金蔵から長屋暮らしの住人の懐具合まで、各々がおのれの置かれた立場を正しく認識せねばならぬときだ。そうでなくとも日本国の周辺には異国の軍船が出没してかしましい折だぞ。一日も早く改革を成功させねば、幕府は、いや、この国は滅びる」

　焦慮の色を隠せぬ老中首座が言い切った。

「未だ御禁令は続くということでございますか」

「寄席、各種の講の禁止、人情風俗本の発禁などお触れは果てしなく続く。皆が気付くまでな」

　影二郎が薄く笑い、

「水野様の知恵と市井に住む者との我慢比べになりますか」

「幕府の財政が好転する、庶民の暮らし向きがよくなる前にこの国がなくならぬことを忠邦は祈るばかりだ」

　という忠邦の言葉に影二郎はしばし間を置いて、問うた。

「水野様、用向きを伺いましょう」

「常磐秀信が陥った窮状承知じゃな」

「父の一命は水野様の胸三寸にあることを知っております」

「常磐が務めてきた御用のあれこれを論《あげつら》い、腹を切らせよと迫る者もおる」

「小心者の父が腹を切るほどの悪行に手を染めたとも思いませぬ」

「事実かどうかはこの際大切ではない。そう考えて動く者がおるということが肝心でな」

「その者もまた水野様の御意志を察した者に過ぎませぬ。風向きが変われば、父の代わりにその者が獄舎に身を沈めることになる」

「さてどうかのう」

忠邦は両手でしばし疲労の浮かぶ面を覆い、指先で閉じた瞼を押し続けた。

「先ごろから家斉様側近の若年寄林《はやし》肥後守忠英《ひごのかみただふさ》、御側御用取次《おそばごようとりつぎ》水野美濃守忠篤《みずのみののかみただあつ》、小納戸《こなんど》頭取《とうどり》美濃部《みのべ》筑前守茂育《ちくぜんのかみもちなる》の三人を罷免《ひめん》させ、甲府勤番へと降格して政治の場から遠ざけた」

この家斉側近は三佞人《ねいじん》と呼ばれた人物たちだ。その中でも林忠英が佞人の中心的人物であった。

家斉の御側衆であった林忠英は、文政八年（一八二五）四月に三千石の加増を受けて一万石となり、上総国貝淵藩《かずさのくにかいぶち》の領地を貰い、大名に昇進した。さらに天保五年十二月に三千石を加増され、家斉が西の丸に隠棲した後も若年寄の務めを命じられていた。

その後、天保十年には江戸城修築の功ありとして、五千石の加増で一万八千石を領有していた。

偏《ひとえ》に大御所家斉の寵臣《ちょうしん》として大名に列した人物である。

天保十二年四月、家斉の死後、百日を過ぎた御城では十二代将軍家慶《いえよし》の世継ぎ誕生を祝う大名諸家や幕臣の祝い言上が行われて、晴れやかな席が繰り返されていた。

林忠英もまた祝いを述べようと順番を待っていた。忠邦はこの忠英に謹慎を命じるために御城に呼び出した。それを察した忠英は病を口実に御城への登城を拒み、抵抗したが罷免された。また忠邦は間をおかず二佞人の水野忠篤と美濃部茂育の処分も断行していた。

「瑛二郎、大奥にも家斉様の大御所政治を懐かしむ女どもが残っておった。それがしは中臈《ちゅうろう》藤間ら六人に対して髪を剃り、仏門に入れと大奥から追放した。さらには祈禱師《きとうし》の日啓《にっけい》、甥の日尚《にっしょう》二人を女犯《にょぼん》の罪などで遠島の処置を取った」

晩年の家斉の大御所政治と暮らしを彩った親子が日啓親子だ。

家斉の愛妾の一人、お美代《みよ》の方の実父であった日啓は、家斉が娘を寵愛するのをよいことに加持祈禱をもって大奥に隠然たる力を持つようになった人物である。

日啓、お美代の方親子は老いた家斉に取り入り、雑司ヶ谷に感応寺を建立させ、この感応寺を利用して、大奥女中と寺僧などの密会の場所として提供して自らの力を確固たるものとした。

大御所老害政治が続く間に大奥が力をつけて、本来の政治機構の中奥を圧していた。

忠邦は家斉の大御所大奥政治の終わりを世間に知らしめるために日啓を遠島、日尚を日本橋に三日晒しに処し、感応寺の破却を命じていた。

忠邦はまず家斉政治の残滓《ざんし》を払拭《ふっしょく》して、次なる改革へと歩を進めている最中《さなか》のことだった。

「瑛二郎、すべて家斉様の息がかかった人物は幕閣の者であれ大奥の女中であれ始末してきたと思うていた」

「どこぞで息を吹き返した者がおりましたか」

「おった」

と答えた忠邦が、

「こやつどもがまたぞろ蘇生《そせい》しては天保の改革もままならぬ」

「家斉様の御世はすでに遠くに去り申した。権力の中枢から離れた有象無象は放っておかれるがよかろう」

「物事針の穴から崩れるの喩《たと》えもある。亡霊どもが天保の改革の贅沢禁止、風俗統制に不満を持つ者どもと結託して、策動しておる」

「こやつらをそれがしに始末しろと申されますか」

「いかにも」

忠邦はそう答えると、

「首謀者は先の若年寄林忠英だ。この者どもはしばしば雑司ヶ谷の感応寺にて集まりを持ち、忠邦の改革に反対の狼煙《のろし》を上げる所存だ」

「破却された感応寺が残っておりますので」

「寺格寺領は破却された。だが、寺の本堂などは未だ残っておる」

「かような荒仕事、南町の妖怪どのがうってつけにございましょう」

「鳥居か、あの者には他にも仕事があってな、手が回らぬ。それにそなたは影の者、すでに表舞台から一旦退場した者どもの頭を踏み潰すに鳥居よりは適任かと思うてのう」

「水野様、それがしの報酬をお聞きしてよろしゅうございますか」

「聖天の仏七なる御用聞きを殺した罪によりそなたは遠島の沙汰がおり、流人船を待つ身であったな。それを勘定奉行の職権を持って、父の常磐秀信が不埒にも牢外へと出した」

と忠邦は昔の恩を持ち出した。

「それをさらに利用なされたのが水野忠邦様、あなた様にございました。それがし、確か水野様が肥前唐津藩主時代の愛妾、お歌と落しだねの邦之助なる人物を始末したこともございました。貸し借りは帳消しと考えておりまする」

影二郎も過去の話を蘇らせた。

「ならば今宵の呼び出しになぜ応じた」

「知れたことにございます」

「常磐秀信を助けよと申すか」

「父の助命だけではちと代価が少のうございます。父上を元の職に戻して頂きましょうか」

「仮にも秀信は蟄居謹慎を命じられた身だ。それを元の職に戻せとは先の沙汰が間違いであったということ、幕閣の失態を自ら認めるものである。ちと難しいのう」

「では、この仕事お断りすることになるやもしれませぬ」

「夏目瑛二郎、余の命を断るつもりか」

大書院の周りに殺気が取り巻いたように思えた。

影二郎と老中首座は静かに睨み合った。

「忠邦様、天保の改革は妖怪鳥居耀蔵の如き武断強行派だけでは成功致しませぬ。今宵もわが長屋近くに妖怪どのが召抱えられた猿面冠者の一団が出没し、それがしの知り合いを襲いましてございます。水野様は妖怪どのにあのような奇態な者どもの暗躍を許しておられるのでございますか。江戸町奉行は天保の改革の先頭に立つ人物にございましょう。また江戸町民が最後により所にする幕府の出先にございます。その者が闇の手先を使うて、敵ばかりか考えを相容《あいい》れぬ味方をも葬りさるような所業を繰り返されればいかなることになるか、水野忠邦様、お考え下され」

水野忠邦は初めて知らされることであったか、しばし沈黙した。

「恐れながら、此度の改革、父や北町奉行遠山景元様のように下々の暮らしを承知の穏健派が片方におられて進められる話にございます」

ふうっ
と水野忠邦が息を吐いた。

「それがしの実家、門前西仲町では年寄り女どもが料理茶屋商い停止のお触れを潔く受け入れ、残った奉公人と一緒に蕎麦餅などを売って、当座を凌《しの》ぐ所存にございます。だれもが水野忠邦様の改革が一刻一日でも早く成就することを切実に祈っておるのです」

しばし沈思した忠邦が、

「相分かった。だが、残された刻限は少ないぞ」

と注文を付けた上で、影二郎の願いを受け入れた。


雑司ヶ谷村は小日向金剛雑司《こびなたこんごうぞうし》村から発したとも、朝廷雑士《ぞうしき》の出の柳下某《やなぎしたなにがし》らが土着したゆえ、こう呼ばれるようになったともいう。

当初は蔵主、僧司、曹子ヶ谷とも書き分けたが、八代将軍吉宗が雑司ヶ谷の統一を命じたと伝えられる。

影二郎は水野忠邦との面会の翌日、独り三好町の長屋から雑司ヶ谷村への道を辿った。

一昨年の十月、影二郎と若菜は雑司ヶ谷の鬼子母神の御会式万灯祭《おえしきまんどう》を見物に来たことがあった。

あの時以来の雑司ヶ谷行だ。

市兵衛長屋を出たのがすでに昼下がりの刻限だった。

昨夜、水野邸の帰路、蟄居謹慎を命ぜられた常磐秀信邸に立ち寄った。表門は閉じられていたが通用口を叩いて、番人を呼び、堂々と門から入った。

佐野用人が姿を見せて、

「瑛二郎様、殿様が……」

「すべては承知じゃあ、本日は父上の慰労に参った」

気配を察した養母の鈴女と異母妹の紀代《きよ》が出てきた。

「瑛二郎、蟄居中の屋敷を訪れるというに表門から入ってこられるとはどういう所存か。幕府に知られてみよ、蟄居閉門が解けぬばかりか、常磐家にこれ以上の災難が降りかかることになろう」

と鈴女はおろおろ心配した。

日頃の強気は消えて、老婆のような風采に変じていた。

紀代は影二郎と話したい様子を見せたが黙っていた。

「それがし、妾腹とは申せ、常磐秀信の子、子が親に会いにきてなんの問題がございましょうか」

鈴女に言い捨てると秀信が謹慎するという座敷に通った。

秀信は文机に座して写経に精を出していた。

「おおっ、瑛二郎か」

「蟄居中と聞き、慰問に参りました」

「なんぞよき話はないか」

秀信が期待の顔をした。

「父上のことなれば、ございませぬ」

にべもない影二郎の返答に秀信ががっくりとうなだれた。

「ならば謹慎中の秀信になんの用か」

「養母上《ははうえ》にもお答えしましたが、子が親に会ってなんの不都合がございましょうや」

「解けるものも解けぬではないか」

「父上の蟄居謹慎を画策したのは鳥居耀蔵にございましょう。あやつは父上の謹慎を解く気などさらさらございませぬ。それよりも改易切腹に動いておりまする」

「やはりさようか」

さらに秀信が悄然《しょうぜん》とした。だが、がばっと顔を上げて、

「そなた、なにしに参った」

と聞いた。

「父上は大名諸家を監督糾弾する大目付にございましたな。先の若年寄林忠英について、なんぞ承知のことはございませぬか」

秀信が力のない顔と体に、

(なんだ、そのような用事か)

といった虚脱の表情を付け加えた。


雑司ヶ谷村の、通称鼠山《ねずみやま》にある日蓮宗長耀山感応寺跡門前に到着したとき、すでに夕暮れ前の薄闇が訪れていた。

この感応寺、元々は陸奥平《むったいら》藩安藤家の下屋敷であった。

天保七年に本堂から五重塔など七堂伽藍《しちどうがらん》まで完成し、門前町も俄《にわ》か造りに形成された。

本堂の地築には江戸じゅうの宗門が繰り出し、江戸城本丸の御女中衆、御三家、一橋家、前田家も大勢参列させて、お美代の方に気遣いを見せた。

日啓は大奥の御女中を加持祈禱の名目で城下がりをさせ、この感応寺で若い僧侶との密会の場所を提供して、大奥にさらなる影響力を持つようになったのだ。その大奥には老いた家斉がいた。

だが、栄華の時は短かった。五年後、お美代の実父の日啓が住持を務めた感応寺は破却された。にもかかわらず、未だ本堂も伽藍も庫裏《くり》も建っていた。

竹矢来が組まれた門前から見るかぎり寺内に人の気配がなかった。

失脚した連中が集まるにはまだ刻限が早いか。

家斉に取り入って建立させた寺だけに、敷地は三万坪余りと広大だった。

影二郎は感応寺の周りをひと周りして、鬼子母神へと足を向けた。

鬼子母神門前には講中の人々の参詣を目当てに料理屋が何軒か軒を並べていることを承知していた。

影二郎は子授け銀杏《いちょう》の大木の聳《そび》える参道を通り、本堂前に出た。

御会式の夜には造花を飾った万灯を掲げ持った講中の者たちが団扇太鼓の音も賑やかに参道を進んで本堂に参ったが、この夜は影二郎の他に人影もなかった。

影二郎は夜空に聳える本堂を一瞥しただけで裏道へと回った。

大茗荷《おおみようが》屋、小茗荷屋、橘《たちばな》屋、耕向《こうこう》屋など江戸にも知られた料理茶屋が軒を連ねていたが、どこもが閑散とした様子であった。

贅沢禁止令が府内を離れた雑司ヶ谷村にも影響を与えているのか、影二郎は人声が通りまで響く煮売り酒場の暖簾を肩で分けた。

馬方、百姓、寺男と土地の男ばかりが酒を飲んでいた。

「酒をくれぬか」

影二郎は身に纏っていた南蛮外衣を脱ぎ、一文字笠を取った。

男たちの視線が見知らぬ客に集まった。その中の一人が、

「若様」

と驚きの声をかけてきた。

影二郎が見ると雑司ヶ谷村に隣接する高田村の名主豊左衛門《とよざえもん》の若い作男、和助だった。

「そなたはこの界隈の住まいか」

「へえっ、大行院《だいぎょういん》の裏手にございますよ」

と答えた和助が、

「若様、名主様の屋敷に来られたか」

「そうではない。感応寺を訪ねてきた」

「若様、感応寺はもうねえよ。一時は賑やかだったがよ、今じゃあひっそり閑としていら

あ」

「それも承知だ。日が落ちると胡乱《うろん》な者が集まると聞いてな、お節介にも見物にきた」

「そりゃ、狐や狸ではねえか」

和助の答えに、

「和助さんや、確かに出入りする者がいるだぞ。それも陸尺に担がせた女乗物やら長柄棒の塗駕籠だ。ありゃ、大名格の乗り物だ」

と馬方と思える髭面が言った。

「それこそ狐だぞ」

和助が言い張った。

「集まるのは何刻だな」

「夜半から八つにかけてのことだな」

「見かけたのは一度だけか」

「いや、何度かございますよ。一度なんぞは辻で出くわした。提灯に三《み》つ頭左巴《がしらひだりどもえ》に下に一の字が入っていたのまで見えたぞ」

「そりゃあ、先の若年寄林様のご家紋だぞ」

と職人風の男が答えていた。

「おりゃ、感応寺がよ、盛んのときに庭の手入れに入ってよ、若年寄林様の行列を見かけたから家紋も承知だ」

と庭職人が答えた。

「だがよ、林様は若年寄を解かれたというぞ」

「先の公方様に可愛がられた連中はただ今の将軍様に冷や飯を食わされているそうな。そんな連中が家斉様の一周忌によ、闇供養の名目で感応寺に集まり、なんぞ騒ぎを起こすという噂を耳にしたがな」

「そんな力があるかどうか。水野忠邦様が大いに腕を振るってなさる最中だぜ」

「あれも駄目だこれも駄目だの老中様か。見てみねえな、大茗荷屋も小茗荷屋も客なんぞは寄り付かねえや、寺参りの帰りに酒を飲んでも駄目だと、呆れたもんだぜ」

「その点、この店はいいな。贅沢のぜの字もないからな、すっぱくなりかけた濁り酒に大根の煮ものが菜じゃあ、いくら老中様でも文句がつけられめえ」

「うるさい！」

と店の主が叫び、

「美味い酒と美味しいもんが食べたきゃあ、銭を出せ」

「それがいけねんだよ、直ぐに岡っ引きが飛んできて、贅沢であると店仕舞いを命じられるぞ」

「ほれ、みろ。うち程度の酒と食い物がいいんだよ」

と主が胸を張り、

「その濁り酒を貰おうか」

と影二郎は酒を頼んだ。

四

夜半前、影二郎と和助の姿は再び感応寺門前にあった。

「門には竹矢来が組まれておるが出入りする連中はこの門を使わぬのか」

「鼠山の東に大奥の御女中が出入りした折の女御門がございましてな、こちらは閉じられてはおりませぬ」

「見てみようか」

影二郎は和助に案内されて女御門に向かった。

「あの森が御鷹屋敷にございますよ」

と和助が黒々とした森を指した。

その森に対面するように感応寺女御門があった。

日啓、日尚が健在にて腕を振るっていた時期、大奥から感応寺への寄進と称して大長持ちが連日のようにこの女御門を潜って運び込まれていたという。

感応寺で大奥の奥女中と若い寺僧がみだらな逢瀬《おうせ》を楽しんでおるという風聞に寺社奉行阿部伊勢守正弘が目を付けていた大長持ちを調べてみると果たして奥女中が隠れ潜んでいた。

その事実は直ちに水野忠邦に報告され、これが動かぬ証拠となって日啓、日尚が捕えられ、天保の改革の一つの柱、

「風俗紊乱取締り」

が始まったのだ。

日啓の直接の捕縛は女犯の罪、田尻村の文蔵の後家りきと情を交わしたというものだった。

家斉の愛妾であったお美代の方に類が及ばぬように二人だけが処罰されたと、大目付を罷免された常磐秀信は影二郎にその内情を告げていた。

なぜか感応寺女御門は破却の印、竹矢来が組まれてなかった。

「和助、狐狸妖怪の類がおるかおらぬか、入ってみるか」

作男の和助がぶるっと身を震わして、

「おれは御免蒙りましょう」

と言った。

「ならば一人で待つか」

「そいつもまっぴら御免だよ」

と悩んだ和助が、

「影二郎様、おれから離れねえで下さいよ」

と影二郎にぴたりと寄り添った。

「なあになんぞ事が起こるとしたら、家斉様の一周忌の宵だ。それにはまだ日限があるわ」

十一代将軍徳川家斉は天保十二年正月七日に身罷《みまか》っていた。だが、それが公にされたのは閏一月三十日のことだ。

すでに七日は過ぎていた。となれば三日後の晦日の夜あたりに騒ぎが起きると影二郎は見た。

影二郎は女御門の通用戸を押し開いて、感応寺の境内に足を踏み入れた。

ぞくり

とする冷気が影二郎と和助の身を包んだ。

「なんだか気味が悪いや」

和助が呟いた。

影二郎は一文字笠を被り、着流しの左の肩に南蛮外衣をかけていた。

二人の侵入に気付いた者がいるとみえて、感応寺の夜の闇が、
かさこそ
と動いて二人に迫ってきた。

影二郎は知らぬげに本堂へと足を向けた。

天保六年八月に工事が着手され、翌年の十二月には本堂、書院、五重塔と七堂伽藍を備えた感応寺が姿を見せた。

家斉の威光がなければかくも素早い建築はない。それからわずか五年余り、寺は破却の憂き目に遭った。

若い寺の歴史をまだ生育しきれない樹木が伝えていた。それでも移築された人木が本堂の参道脇に植えられ、葉を落とした銀杏が夜空に大きく枝を広げていた。

「若様、おれは初めて本堂にお参りするぞ」

和助の声が震えていた。

日啓の野望は寛永寺や増上寺のように感応寺に将軍の御霊《みたま》を迎えて、徳川家の菩提寺にすることだったという。

だが、今や野望を抱いた主たちは牢舎《ろうや》にいた。

ひゅっー
と尾を引く音が闇に木霊した。

「和助、石畳にへばりついておれ」

影二郎の命に和助がその場に慌ててしゃがんだ。

虚空に円弧を描いて舞うのはいくつもの網代笠だ。

ひゅっひゅっー
と音を立てるのは網代笠の縁に付けられた数本の刃だ。それが夜気を切り裂いて鳴いていた。

網代笠の軌道がふいに変わった。

本堂前の石畳に立つ影二郎の痩身に向かって、網代笠が集まり襲ってきた。

影二郎の手が肩の南蛮外衣にかかり、片衿を摑んだ手首が捻られた。

黒羅紗と猩々緋の長衣が虚空に躍って広がり、一点に向かって襲いきた網代笠を次々に叩き落とした。

南蛮外衣の動きが停止したとき、影二郎の足元に十いくつもの網代笠が転がっていた。

「挨拶は受け取った。破却を命じられた感応寺に巣くう奴ばら、姿を見せよ。夏目影二郎が返礼を致す」

間があった。

闇から滲み出たのは墨染めの衣を着て、手に金剛杖を持った坊主の一団で、円い輪を作って影二郎と和助を囲んだ。

丸められた坊主頭の下の顔を見た和助の口から驚きの声が洩れた。

「若様よ、なんとよう若い女坊主さんだぞ」

「油断致すな、若い比丘尼《びくに》と侮ると手痛い目に遭うことになる」

比丘尼の口から法華経が唱えられ始めた。

「比丘尼の頭目はおるか」

影二郎の問いに円陣の外からもう一つの影が浮かび出た。

濃紫の衣の比丘尼だ。

年増の比丘尼の顔には容色がまだ残っていた。

「春を鬻《ひさ》ぐ比丘尼が破却された感応寺に棲みついたか」

比丘尼は出家した女僧侶のことだが、また比丘尼姿で体を売る下級の娼婦が横行し、その意味にも通じていた。

「戯言《ざれごと》を申すでない。われら、大奥千代田寺の高貴なる比丘尼、感応寺を守るために御城を出たものじゃあ」

澄んだ声が答えていた。

「大奥に寺があるなど初めて聞いた」

「そなたのような無粋者が立ち入る場所ではないゆえ、知られてはおらぬ。だが、十二代にわたる将軍家の夜の務めを果たしてきた大奥にはお方様、比丘尼からお末まであらゆる種類の女が揃っておるわ」

「そなたの名はなんじゃな」

「愁泉尼《しゅうせんに》」

「だれぞに雇われた比丘尼刺客か」

「感応寺に踏み入ってきたそなたはだれか」

影二郎の問いには答えず反問した。

「夏目影二郎」

「だれぞに雇われておるか」

「老中首座水野忠邦の命を受けたものと答えれば、そなた、満足か」

「なにっ！　水野の走狗《そうく》となし

愁泉尼の顔色が変わった。

若い比丘尼の円い輪が法華経に合わせて縮まったり広がったりした。

「愁泉尼、そなた、大奥から追放の憂き目を見た中臈《ちゅうろう》の一人と見たが、いかがかな」

大御所政治を払拭するために水野忠邦は林忠英らを追放し、大老の井伊直亮《いいなおあき》、老中太田《おおた》資始《すけもと》を退職に追い込み、大奥の女中衆のうち、上座の中臈六人に剃髪《ていはつ》を命じて大奥から出していた。

「忠邦の走狗、よう読んだ。私の元の名は中臈田綱女《たづなめ》じゃぞ」

愁泉尼こと田綱女の手が振られた。

法華経を合唱する比丘尼の輪が縮まった。

手にしていた金剛杖が振られると先端から細い薙刀の刃が現われた。

和助が、

ひえっ

と恐怖の叫び声を上げた。

「和助、これを被って目を瞑《つむ》っておれ」

影二郎が手にしていた南蛮外衣を和助の背に投げると、和助が命じられたとおりに頭から被った。

　十数人の比丘尼の一団の輪がばらばらに乱れ、その中から薙刀を振るって影二郎に斬りかかった比丘尼がいた。

　なかなか鋭い刃風だった。

　一気に三本の薙刀が影二郎に襲いかかった。

　影二郎の腰が沈み、南北朝期の刀鍛冶法城寺佐常が鍛造した大薙刀を後年、刃渡り二尺五寸三分の刀に直した豪剣が鞘走った。

　先反佐常が細身の薙刀の刃に絡んだとき、なんの抵抗もなく斬り飛ばしていた。さらに二本目、三本目の薙刀の刃が飛ばされた。

　比丘尼たちは金剛杖の柄を手に、

「あっ！」

　と驚きの声を発し、呆然とした。

「なにをしていやる、間を置かずに斬りかかれ！」

　愁泉尼が檄《げき》を飛ばした。

　柄を空しく掲げた三人が退き、二番手の四人が影二郎を囲んだ。だが、太刀風がまるで違った。

「愁泉尼、おれの法城寺佐常も元を糾《ただ》せば大薙刀よ。そなたの比丘尼が掲げる小薙刀とではは所詮太刀打ちできぬわ」

影二郎は自ら先反佐常を鞘に納めた。

「和助、挨拶は済んだ」

和助が南蛮外衣から顔を覗かせ、未だ茫然自失としている比丘尼たちを眺めて、

「若様、比丘尼はもう襲ってこぬか」

「今宵は互いに挨拶よ。のう、愁泉尼」

と乱れた輪の外に立つ元中臈の田網女に言いかけると、

「和助、参るぞ」

と入ってきた女御門に足を向けた。

その後を慌てた和助が南蛮外衣を両手に抱えて従った。

翌日の昼下がり、影二郎の姿は高田村の名主豊左衛門屋敷の囲炉裏端にあった。

夜明け前、影二郎は豊左衛門の長屋門を潜り、名主を驚かした。

影二郎にとって高田村の名主屋敷は亡母みつの思い出に繋がる場所だ。

幼い頃、添太郎やみつと名主屋敷を訪ねて、鬼子母神の御会式を見物し、泊まったりし

た思い出があった。

影二郎の来訪を知らされた豊左衛門が、

「若様、何事でございますな」

と作男の和助と一緒の影二郎を訝しげに見た。

「破却された感応寺に出入りする者がおるというので、和助に案内されて見物にいったのよ」

影二郎はずかずかと囲炉裏端に上がると腰を下ろし、怪訝《けげん》な顔の豊左衛門に差し障りのない経緯を説明した。

「若様、鼠山の賑わいはわずか五、六年でございましたな。一時は大奥の御女中衆が乗物を連ねて、加持祈禱を受けに行かれてましたがな。まさか逆さ吉原の如き淫らな行いを感応寺のお坊さんが率先して繰り返されていたとは驚き桃の木にございますよ」

真面目一方の豊左衛門が言い、

「添太郎様やいく様、それに若菜様はお元気にございますか」

と話題を変えた。

「嵐山も此度の改革の煽りで商い停止よ。そこでな、年の暮れから草津へ湯治に行って参った」

「それはようございました」

「だがな、父上は大目付を罷免されてただ今蟄居閉門の身だ」

影二郎は簡単に秀信が蒙った不遇を説明した。

「ははあん、若様の感応寺参りは常磐の御前の蟄居と関わりがございますので」

と一人得心する豊左衛門に、

「和助を今日一日借り受けてよいかな」

と頼んだ。

「なんぞ役に立ちますか」

「手紙を数本書く。届けてほしいのだ」

「常磐の御前の閉門が解ける手伝いなればご自由になされ」

と許してくれた。

影二郎は和助を待たせて、浅草弾左衛門、菱沼喜十郎とおこま、それから嵐山に宛ててそれぞれ手紙を書いた。

影二郎が手紙を書く間に朝餉を食べた和助が張り切って浅草へと飛んだ。

用事を済ませた影二郎は豊左衛門と朝餉の膳を並べて食し、その後に仮眠した。

昼を過ぎて目を覚ました影二郎が囲炉裏端に行くと、影二郎を幼少の頃から承知してい

て名主屋敷の台所を仕切る女中頭のおひろが、

「若様よ、昨夜《ゆんべ》は鼠山に行かれたそうな。あのような寺に夜中にいくもんでねえぞ、日啓様の呪《のろ》いが残っておるでな」

「流罪になった坊主の呪いなど女の恨みに比べれば大したこともなかろう。昨夜は若い比丘尼が出おったわ」

「若様、冗談じゃねえぜ」

おひろは影二郎の言葉を冗談と受け取ったようだ。

「名主どのは仕事か」

「巣鴨《すがも》村まで出かけておられるがよ、夕餉までに戻るゆえ、若様と酒を飲むのだと言い残されて出かけられたわ」

「楽しみだな」

「若様は当分うちに御輿を据えられるか」

「晦日まで世話になる」

「いつまでもいて下せえよ」

影二郎は昼餉におひろが打ったうどんを馳走になり、また寝床に戻った。

二度寝から起きたとき、高田村には夕暮れが迫っていた。

囲炉裏端に和助がいた。

「和助、そなたばかり働かせて相すまぬな」

「なんのことがございましょうな」

と答えた和助は嵐山から酒肴に草津土産などを色々と貰ってきたと言った。台所からおひろも、

「旦那が戻られたらよ、貰い物の下り酒に燗をつけるでな」

と言った。

「若様、菱沼様は明日にもこちらに駆け付けるとの返事にございました。返書を頂いて参ったのは浅草のお頭からです」

和助は浅草弾左衛門直筆の手紙を影二郎に差し出した。

「ご苦労であったな」

影二郎は封を切った。

和助が行灯の明かりを影二郎のかたわらに引き寄せてくれた。

〈夏目影二郎殿、貴信拝受致し候。相変わらずの影御用ご苦労に存知候。

父上常磐秀信様の不遇当方にても承知、貴殿の推量の如く南町奉行殿の策謀を老中首座が利用なされておる構図と推量し候。妖怪殿の企み非情冷酷に付き、父上の処遇これにて

は済むまじと危惧する所に御座候。

さてお尋ねの一件、まず鳥居殿支配下老頭目糸永主水が率いる猿面冠者の一団、われら迂闊《うかつ》にも不承知に候。暫時探索の時をお貸し下されたく願い候。

二番目の問い、破却になった雑司ヶ谷村感応寺に集う一団の首魁《しゆかい》に御座候が、先の若年寄林忠英の如き小者とも思えず。

水野忠邦様がそなたに影始末を頼んだ経緯から鑑《かんが》み、家斉様の側室専行院《せんこういん》様の企てかと考え候。

老中首座水野様を脅かす理由は以下のとおりに候……〉

そこまで読み進んだとき、

「影二郎様、お待たせ致しましたかな」

と主の豊左衛門が他用から戻ってきた。

「おおっ、和助も帰っておったか」

「旦那様、嵐山にて沢山の土産を頂いて参りましたぞ」

報告を済ませた作男は囲炉裏端から辞去しようとした。

「ご苦労でしたな」

豊左衛門は影二郎と酒を酌み交わそうと急いで帰宅した風情だ。

影二郎は読み掛けの弾左衛門の手紙を懐に突っ込み、豊左衛門に許しを乞うた。

「和助には徹夜を強いた上に江戸まで使いを頼みました。一緒に酒を飲むことを許して下され」

「私も添太郎様方の様子を聞きたいでな、和助、その場に座ってなされ」

と名主が主との同席を許し、女衆が三つの膳を運んできた。

第五話　鼠山闇参《ねずみやまやみまい》り

一

浅草西仲町の嵐山の敷地はさほど広くはない。が、庭には築山《つきやま》や泉水があって、縁台がいくつかおける玉砂利の平地もあった。

若菜の発案で庭を見渡せる一階座敷とその玉砂利の敷かれた庭に客を案内して、茶と茶請けを出すことにした。

問題はなにを出すかだ。

今日は添太郎、いくの老夫婦に若菜、板前の弘三郎ら奉公人五人が集まり、若菜と弘三郎がこれまで工夫してきた品の試食が行われようとしていた。

庭には紅梅や蠟梅《ろうばい》が咲き、先ほどまで鶯《うぐいす》が枝に羽を休めて美声を披露していた縁側には春の日差しが長閑《のどか》にも差し込んでいた。

「お待たせしましたな」

若菜と弘三郎が蒸籠《せいろ》で蒸し上げた饅頭を運んできた。

「おや、蓬《よもぎ》の香りがなんともよいのう。いや、蕎麦の香りもほのかに漂いますな」

いくが鼻をひくひくさせて前に供された饅頭を見た。

「おばば様、この饅頭は少しばかり変わっております。外皮にはおばば様のお察しどおりの蓬と蕎麦の二種が練りこんでございます」

大きな饅頭はふわりと仕上がり、湯気が上がっていた。頭には胡麻《ごま》も散らしてあった。

「私は蕎麦から頂こうかな」

「ばばは蓬です」

若菜と弘三郎を省いた六人が思い思いに饅頭をとり、口にして不思議そうな顔をした。

「若菜、私の餡は古菜漬けのようじゃな」

「じじ様、こちらは鰯のつみれが入っておりますよ」

六人は甘い饅頭を想像していたせいで意表をつかれていた。そして、その味と食感に驚き、戸惑いの顔を見せた。

だが、若い女中のおやえが直ぐに、

「大旦那様、これはなかなかいけますよ」

と鰯のつみれ団子が包み込まれた饅頭をぱくぱくと食し始めた。

「じじ様、ばば様、甘い饅頭なれば諸所方々で商う店がございます。そこで弘三郎さんと二人、昼餉代わりにこのような饅頭を二つ食せば、お腹《なか》が一杯になる食べ物を考えたのでございますよ。無論、馬方や船頭衆のように力仕事の方には不足にございましょう。また男衆が昼餉を食する一膳飯屋や蕎麦屋にはなかなか女は入りにくいものにございます。うちは浅草寺にお参りにきた女衆が主なお客様にございます。庭の様子を楽しみながら、変わり饅頭で手軽に昼餉を食べて頂くことを考えたのです」

「おおっ、それは面白い試みじゃぞ、若菜」

説明を聞いた添太郎がにんまり微笑み、菜漬けの入った饅頭をさらに食べて、

「うん、そう思うて食べるとな、古漬けの菜の塩加減と饅頭の蕎麦皮がなんとも具合がいいわ」

いくも、

「鰯のつみれが一度油で揚げてあるせいか鰯の臭みもないよ」

「ばば様、胡麻油で揚げてございますゆえ臭みは感じられますまい。それに柚子《ゆず》や七味を隠し味にしてございます」

「それは知恵を出されたな」

いくと若菜が言い合い、弘三郎が、

「大旦那、この二つの饅頭に鰯の潮汁《うしおじる》でもつけて出せば、ちゃんとした昼餉になると存じますがいかがでございますか」

「弘三郎、よい考えじゃぞ。それにこれならばいくらお上も贅沢だとは申されまい」

「この変わり饅頭をかってに若菜饅頭と呼んでおります」

まあ、と若菜が驚きの顔を見せた。

「いや、味といい趣向といい名といい、おもしろいな、弘三郎」

若菜饅頭は食べ物屋嵐山の新しい売り物の一品に決まった。

「あとは女衆の好きな甘味と茶の工夫にございますな」

さらに五平餅や草餅など甘味が運ばれてきて、試食会はいつ終わるともしれなかった。

そんな刻限、高田村の名主豊左衛門の囲炉裏端では影二郎が考え事をしていた。

囲炉裏付近には影二郎のほかにだれもいなかった。

浅草弾左衛門が手紙で知らせてきた家斉の側室の一人、お美代の方こと専行院と先の若年寄林忠英が手を結んだ事実は、水野忠邦の推し進める天保改革の行く手に暗雲を投げかけるものであった。

実父の日啓が女犯の罪で遠島の沙汰を受け、獄舎に繋がれた身とはいえ、お美代の方は未だ隠然たる力を秘めていた。なにより水野の推し進める節約倹約一辺倒の禁令が不評判で、お美代の行動を容認していたといえる。

在位五十年にも及ぶ家斉を巡る女たちは、他の将軍たちに比しても群を抜いて煌《きら》びやかだ。

吹上御苑に吉原仲之町の茶屋を模したものを建て、奥女中たちを遊女に見立てて、遊蕩にふけった家斉は生涯一妻二十人の妾を持ち、五十三人の子をなした、稀有の将軍であった。

その家斉が数多の愛妾の中で長年にわたり、最も寵愛した側室がお美代の方だ。

お美代は下総中山の日蓮宗智泉院の住持日啓の娘であった。

独身を通し、修行に明け暮れることが本分の僧侶に娘がいる、破戒僧である。

この日啓の娘のお美代は幼くして類稀なる容貌と才知に恵まれ、江戸まで知れ渡っていたとか。それに御納戸頭取中野播磨守清武《おなんどとうどりなかのはりまのかみきよたけ》が目をつけて養女として、大奥へ御次として上げたのだ。

文化三年三月のことであったという。

中野清武の狙いどおりに四年後には中臈に出世して家斉のお手がつき、第三十六子溶姫を産んだ。

ただ今ではこの溶姫、加賀中将前田斉泰《なりやす》の正室となっていた。さらには二人の子をなして、四十三子の末姫は広島藩浅野斉粛《なりたか》の室となっていた。

お美代の方のなした娘二人が加賀百二万石と安芸四十三万石の奥方となった事実は、破戒僧の実父日啓の異様な出世と没落にも拘わらず、お美代の方の地位を安泰なものとしていたのだ。

浅草弾左衛門は手紙でこのことを知らせてきたが、老中首座水野忠邦がお美代の方の存在を未だ恐れる背景をこう推論していた。

〈……風聞によれば専行院様、家斉様の生前にお墨付きと称する遺言を閨《ねや》にてねだり申して秘匿するとか。専行院はこのお墨付きを利して、娘溶姫様のお生みになった前田家の犬千代君を家定様の世子になさんと画策奔走中と聞きおよび候〉

水野忠邦が恐れたのはお美代の方が秘匿する家斉の遺書であったのだ。

お美代の方の庇護者家斉は没したが、お美代の方の二人の娘は前田家と浅野家の正室であった。

老中首座としても無視できない事実であった。

なにより恐れたのは家斉の遺書になにが約定されているか、それによっては難航する天保の改革が頓挫《とんざ》する大騒動を引き起こしかねないと水野忠邦は推測し、夏目影二郎にその始末を命じたのだ。

水野様とてこの事ばかりは忠臣の鳥居耀蔵に任せられなかった。

妖怪鳥居はこの秘密を知ったとき、自らの出世と野心に水野さえも裏切り動く可能性が考えられたのだ。

(水野様が鳥居の讒訴《ざんそ》を受けて父の常磐秀信の蟄居閉門を命じた背景には影二郎をして、十一代将軍家斉が残したお墨付きの始末をさせるためであったか)

影二郎は得心するとともに浅草弾左衛門の情報網の確かさに驚かされた。

(さてさてどうしたものか)

家斉の一周忌闇供養にお美代の方がどう動くか。そして、どう始末するか残された時間は少なかった。

高田村の名主屋敷の土間に影が走った。

影二郎が顔を上げると菱沼喜十郎とおこまの親子が立っていた。

「参ったか、まずは上がれ」

親子が頷き、喜十郎が、

「雑司ヶ谷村と影二郎様は深いご縁がございますな」

と上がり框に腰を下ろして草鞋の紐を解きながらいった。

先年、尾張の支藩、犬山藩を巡る争いもこの高田村の辻から始まっていた。そのことを喜十郎は言ったのだ。

「縁があるのは豊左衛門どのとの付き合いだけよ。此度のような出来事にはどなたかの差し金があってのことだ」

と答えた影二郎は、

「小川町はどうしておられる」

と常磐家の近況を聞いた。

「江戸では大目付常磐秀信様越権の行為ありて極刑の沙汰が下されるという風聞頻《しき》りにございます。当然噂の出所は鳥居耀蔵様、秀信様は覚悟をなされ、奥方の鈴女様と紳一郎様はもはや茫然自失としてその沙汰がいつ下りるか、戦々恐々の体とか」

「気が強い人間は逆境に弱いと申すが、養母上がこれほどとはのう」

と苦笑いした影二郎に、

「影二郎様、秀信様の切迫した身を置いてもこちらの出来事が緊急にございますか」

「喜十郎、おこま、こちらが解決の目処が立てば父上の不遇など一気に解消致すわ」

「ということは感応寺破却と殿様の閉門とは関わりがございますので」

「ない。だが、老中首座どのの胸の中で繫がっておるわ。われらはまず水野忠邦様の喉に刺さった小骨を取り除かねばならぬ。これがどうも厄介でな、まかり間違えば常磐家の改易、われらの切腹どころか、幕府転覆に繫がりかねぬわ」

親子の表情が険しくなった。

「言うまでもないことじゃが他言無用、そなたらの上役常磐秀信殿にもじゃあ」

と閉門中の大目付の部下に釘を刺した。

「はっ、畏《かしこ》まりました」

これまで幾多の苦難をともに乗り越えてきた密偵が即座に承知した。影二郎の命で動くことが常磐秀信のためになると理解していたからだ。

影二郎はこれまでの経緯と弾左衛門からの情報を菱沼親子に隠さず告げた。

親子は話が終わってもしばし言葉を発しなかった。

「加賀宰相様と安芸の浅野家を敵に回すことになりますか」

「二家を絶対に敵に回してはならぬ」

「難しい注文にございますな。料理次第では幕府転覆もありと申された影二郎様の言葉、ようよう理解が付きました」

「家斉様の死去が公表なされたのは昨年閏一月三十日であった。となれば余裕はあと一日あるかなしか」

「その日、お美代の方と林忠英様らは感応寺での法会を企てておられるのですね」

おこまが聞いた。

「家斉様の法要なれば幕府も反対は出来ぬでな。ただ今、感応寺を守る者は水野忠邦様に大奥を追われた中臈田綱女、ただ今剃髪して愁泉尼と比丘尼どもだ」

「どうなされますか、影二郎様」

「お美代の方様の動きを封じるには前田家と浅野家の手助けがいろう」

「老中首座のお力は借りられませぬか」

「水野忠邦様がなぜこの影二郎に御用を命じられたか考えておる。忠邦様はこの始末を極秘のうちに済ませたいと考えておられるのだ」

「前田家と浅野家に遺恨を残したくないとの思惑でしょうか」

「そうかもしれぬ」

「どうしたもので」

思案に困ったという顔で喜十郎が影二郎を見た。

「やはり水野様にも汗をかいて貰おうかのう。それと今一度浅草の弾左衛門どののお力に縋ってみようと思う」

親子が頷いた。

「まずお頭に手紙を書く。家斉様のお墨付きは風聞のみか真実か。またあらばなにを約定なされておられるや。さらにはお美代の方が家斉様の一周忌になにを策しておられるや、承知していることがあらば詳しく教えて頂きたいと正直に願おうと思う。おこま、使いをしてくれぬか」

「承知しました」

影二郎は囲炉裏端から立ち上がった。

半刻後、高田村に駆け付けたばかりのおこまが二通の書状を懐に浅草新町に向かった。もう一通は老中首座水野忠邦に宛てたもので、願い事をした。

その願い事の裏を忠邦が考えるならば、影二郎が忠邦の命じた影御用の核心に迫っていることを悟るはずだった。

高田村に残った影二郎と喜十郎の二人は、雑司ヶ谷村の鼠山に向かった。

「破却になった感応寺の七堂伽藍が残っていたとは驚きにございますな」

「水野様も破却を命じ、日啓を遠島に処したことで安心なされておられるのであろう」

「あるいは天保の改革でてんてこ舞いしておられ、失念なされておられるか」

二人は鼠山に到着した。

「日啓はこの感応寺を寛永寺のように増上寺の如く、徳川の菩提寺に昇格させる野心にございましたか」

喜十郎は築地塀《ついじべい》の向こうに聳える五重塔の甍《いらか》を振り仰いだ。

「娘を家斉様に差し上げ、己の野心をやり遂げようなど坊主にあるまじき考えよ。いずれ自滅致したわ」

昼間の光で見る感応寺はひっそり閑として人の気配がなかった。

二人は三万余坪の感応寺の四周を巡り、高田村へと足を向けた。だが、寺の中から二人を監視する目のあることを影二郎らは承知していた。

「影二郎様、お美代の方は身の安泰を前田家の犬千代様に託しておられるのでしょうか」

「雉《きじ》も鳴かずば撃たれまいに。考えてもみよ、父の日啓と従兄弟の日尚が処分されたのはお美代の方を助けようと思うてのことだぞ。その真意を知ってか知らずか、鎮まった騒ぎに埃を立てるとは自らの首を絞めることよ。家斉様の寵愛をよいことに側室風情がちと図に乗り過ぎたな」

前方から犬の鳴声がして、あかが走ってきた。

その後を小才次が追って姿を見せた。

「事態が急変致したか」

「影二郎様、本日昼前に城中にて閣老直裁判が開かれまして、常磐秀信様の処分が正式に決まりました」

「上使の言上はいかに」

「常磐家三千二百石改易、常磐秀信様切腹の裁きにございます」

「罪状はなんだ」

「上使の言上、床の下から聞こうとしましたが定かではございませんでした。ただ殿様が勘定奉行を務められた折、入魂になった株仲間から相談を受け、此度の禁令に反した罪とか聞き取れました」

徳川幕府は八代将軍吉宗の時代に流通の安定を図る目的で各同業組合を組織させていた。だが、天保の諸物価高騰の主因が株仲間による流通の独占が価格の競争を抑えた、あるいは独占的に値をつけたと水野忠邦は考えた。そこで自由競争に戻そうと株仲間の解散を昨年師走の十三日に命じていた。

常磐秀信は勘定奉行を務めた誼《よしみ》で株仲間の要請を受け、解散令を阻止しようと動いたか、影二郎には理解がつかなかった。

「喜十郎、ありうることとか」

「殿様は勘定奉行の頃、商人方には慕われた奉行にございました。その折の付き合いで、どこぞの株仲間頭取が相談に屋敷を訪ねてきたやもしれませぬ。ですが、殿様は水野忠邦が推進なさる天保の改革の一員でもございます。話を聞いたとしてもなんぞ知恵を授けるようなことは決してなさりますまい。それは殿様を知るこの菱沼喜十郎が申し上げられます」

影二郎は頷くと、

「妖怪鳥居一人に閣老直裁判が押し切られたか」

と応じた。

「小才次、父上の切腹の日限はいつか」

「明後日朝四つに城中から検使役が屋敷に到着いたします。鳥居様は即刻の執行を主張なされたそうにございますが、遠山様がこの決定訝しきこともあり、一日の猶予を求められ、水野様もそれには応じられたそうにございます。上使の方のお話にございました」

「遠山様のお蔭で一日の余裕が生まれた。それにしても綱渡りになったな」

「どうなされますな」

「ここで騒いでも致し方あるまい。小才次、父にはこう申し上げよ。夏目影二郎の父なれば必ずや士道の覚悟をお示しなさるはずとな」

「それだけにございますか」

小才次が影二郎の顔を見た。

「父なればそれで通じる」

「はい」

「沙汰が下った以上、鳥居耀蔵はもはや常磐秀信に手は出すまい。あかを置いていけ」

「畏まりました」

小才次が沈鬱な顔を影二郎に向け、言葉を待つ様子を見せた。

だが、それ以上なにも影二郎が言わないと悟ると身を翻して江戸へと走り戻っていった。

二

影二郎は豊左衛門屋敷でおこまの戻りをひたすら待った。そのおこまが駕籠を飛ばして戻ってきたのは五つ過ぎのことだ。

おこまは弾左衛門からの返書を持参していた。

「ご苦労であったな」

おこまを労《ねぎら》った影二郎は直ちに返書の封を披《ひら》いた。中から宛名書きもない書状がもう一通出てきた。まず影二郎に宛てられた書状に目を通した。

〈夏目影二郎どの　取り急ぎ承知の事認《したた》め候。家斉様がお美代の方に与えしお墨付き存在するはまず間違いなき処と確信し候。しかしながら家斉様が前田家の犬千代君を家定様の世子となし後継と約定なされた記載の事実ありやなしや不明に候。事が迫ったただ今、耄碌《もうろく》なされた大御所様が寵愛の妾に籠絡されたと考え、行動なさることが最善の策と弾左衛門愚考に候。

お美代の方、林忠英様らは感応寺の闇供養を名目に大御所政治を支えた大奥の御女中衆、自らの娘の嫁ぎ先の前田・浅野両家、さらには水野忠邦様の天保の改革を快く思わぬ大名、旗本、札差、両替商、呉服商などを糾合して改革反対の狼煙を上げられる所存と心得候。

昨今江戸の不景気の主因は倹約・緊縮策、風俗紊乱取締り強化策にありと考えられる人多く、明日には感応寺へかなりの数の人々が家斉様追悼の夜参りを敢行するものと推測し候。

お美代の方、林忠英様らの首尾不首尾、感応寺にどれほどの人間を参集できるかどうかの一点にかかっておることは明白也。大名諸侯有力旗本豪商らが一堂に会して天保改革反対の狼煙を上げたとき、水野忠邦様の改革は頓挫する可能性もありかと推量し候。

江戸から雑司ヶ谷村に大勢の人々の流れが出来ぬよう、われらもなんぞ策をと考えおりしが、流れが大河になればもはやだれも阻止は叶わぬ事に候。

また此度の企て、前田家が動くかどうかが成功不成功の分岐に候。

影二郎どの、早々に加賀前田家八家の一、江戸下屋敷に滞在中の横山康正様にご面会致される事が焦眉《しょうび》の策かと考え、横山様宛ての書状同封致し候。

またそなた様の今一つの頼み、弾左衛門自ら動く所存、しばし時をお貸し下され。弾左衛門〉

影二郎は二度文面を読み返し、改めて弾左衛門が持つ人脈に驚嘆した。

手紙を巻き戻すと宛名のない書状と一緒に懐に仕舞った。

「喜十郎、おこま、出て参る」

「供は」

「要らぬ。事が動くは明晩よ、体を休めておれ」

影二郎の動く気配にあかが立ち上がった。

「そなたが従うというか」

「お連れなさいませ」

おこまが独行の影二郎に勧めた。

「よし、供をせえ」

影二郎とあかの主従は高田村を出ると雑司ヶ谷村から中山道の最初の宿板橋平尾宿に向かい、半刻後に広大な敷地を持つ加賀宰相前田家の下屋敷の表御門門前に辿りついた。

影二郎は閉じられた巨大な表御門脇の通用門に訪《おとな》いを告げた。すると通用門が開き、

「どうれ」

と門衛の侍、門番らが姿を見せた。

犬を連れた一文字笠に着流しの浪人の訪問に門衛らが警戒を見せた。

「夜分恐縮に候。火急の用にて当下屋敷に滞在中の横山康正様にお目にかかりたく参上致した。まずはこの書状を横山様に差し上げてはくれぬか」

「夜分遅う御座る。明日になされるがよろしかろう」

「それがし、火急と申し上げたはず。後々そなたらにきついお咎めがあってもよろしいか」

門衛の侍たちが顔を見合わせ、目顔で相談すると、

「書状預かる。但し横山様が面会を許されるかどうかわれらは与《あず》かり知らぬ処にござる」

「横山様が面会を拒まられるなれば、それがし門前より引き上げる」

「暫時お待ちを」

通用門が閉じられた。門が再び開いたのは四半刻後のことだ。

影二郎はあかを門前に残して一人前田家の下屋敷に入った。そこには年寄横山家の用人と思える武家が待ち受け、

「こちらへ」

と広大な屋敷の奥へと案内していった。

影二郎と壮年の横山康正が対面したのは御殿の奥書院と思えた。

百二万石の大大名加賀藩には一万石以上の禄をうける家臣が十二家もあった。その中でも重臣八家を、

「八家《はっか》あるいは年寄衆」

と呼び、加賀藩の中核をなしていた。横山長隆を祖とする横山家も八家の一で家禄三万石であった。

「そなた、大目付常磐秀信どのの嫡男だそうな」

「妾腹にございます」

頷いた横山が突然言い出した。

「加賀藩はそなたに大きな借りがあったな」

「覚えがございませぬ」

「先年、参勤下番の途次、越後領親知らずの荒波の海岸で前田斉泰様が七坊主なる奇怪な

刺客集団に襲われたことがあった。斉泰様の一命をお救い申し、加賀藩百万石の危難を救ってくれたのは一文字笠に南蛮外衣の浪人であったそうな」

「…………」

「そなたは斉泰様と市振宿《いちぶりじゅく》本陣で対面したのう。御行列奉行の奥村房兼が夏目影二郎と申す一浪人のお蔭で腹を斬ることを免れたと金沢に帰着してしみじみこの私に述懐しおったわ」

七坊主と称する不逞の集団が参勤交代の前田家の荷に阿片を隠して運送しようとした事件があった。その騒ぎの中で前田斉泰公が七坊主の襲撃を受けて、危機に瀕《ひん》したのだ。

むろん影二郎はそのことを記憶していたが、此度の一件でその事を持ち出す考えはなかった。

「そのようなことも御座いましたかな」

「此度の用件、貸しを取り立てにきたのではないか」

「横山様のお言葉で思い出したほどにございますれば」

「関わりないと申すか」

「ございません」

「そなたのこと、親知らずの出来事の後、調べた。老中首座水野忠邦様密偵と考えてようござるか」

「それがしの身辺調べたとあらば、承知にございましょう。それがし、無頼の徒に加わりし折、御用聞きを殺めて遠島を待つ身にござった。それを勘定奉行に就いた父常磐秀信によって外に出され、勘定奉行の影御用を務めておりました」

「それを利用なされたのが常磐様の上役水野忠邦様」

「それがし、父には恩を受け、老中どのには尻尾を摑まれた影の者にございます。しかしながら二人に己の魂まで売り渡した気はさらさらござらぬ」

横山はしばし沈思した後、

「そなたが今宵持ち込んだ話、親知らずの事件同様に加賀藩にとって厄介極まる話である」

と話題を一転させると両手で顔を覆い、二度三度軽く叩いた。

「横山様、単刀直入にお尋ね申す。加賀は犬千代様を家定様の後継に、ゆくゆくは将軍位に就けることを望んでおられるか」

「徳川十二代将軍のうち一人でも加賀前田家を始め大名家から就かれたお方がおられようか。御三家以外に大名家が就くことなし、御三家に跡継ぎなくば御三卿から出す、これが幕府の規範にござる。さような存念はわれら前田家にござらぬ」

横山がはっきりと明言した。

「家斉様側室お美代の方様が持参なさるというお墨付き、前田家では……」

「与かり知らぬことにござる」

「となればお美代の方様の策謀、前田家にとって迷惑の限りかな」

「いかにもさよう」

「斉泰様正室には家斉様第三十六子溶姫様がお輿入《こしい》れなさっておられるが、奥方様のお考えいかに」

影二郎はさらに念を押した。

「前田家のお方様がお美代の方様の血筋であることは確かにござる。じゃが、嫁に参れば嫁ぎ先の習わしに従う、上《かみ》つ方《かた》も下々も同じにござる。ましてお美代の方様は謹慎の身に御座れば、われら前田家がなんぞ手を差し伸べることなど断じてござらぬ」

「家斉様追悼のためと称する闇供養に一切人を出されることは御座いませぬな」

影二郎は念を押した。

「重ねてお答え申す。ござらぬ」

「ならば藩内に触れを出し、その旨を幕府に通告なされませぬか。それが幕府から痛くもない腹を探られぬ策にございましょう」

「此度の事、すでに水野忠邦様は承知ということか」

「いかにも。老中首座は前田家が動く動かぬを注視してござる」

影二郎は越権を承知で答えていた。

水野忠邦の使命に叶い、また前田家のためになると考えたからだ。

「夏目どの、加賀藩は幕府の改革に協力しこそすれ邪魔を致す考えなど一切なし。これ斉泰様のお考え、藩是にござる」

加賀は徳川幕府に恭順を誓うと横山は言っていた。

「夏目影二郎、確かに承った」

「親知らずでそなたが助けたお命、大切に見守って下されよ」

斉泰の身に新たな危難が振りかからぬように横山が影二郎に釘を刺した。その言葉で影二郎は思い付いた。

「斉泰様に願いの儀が生じるやもしれませぬ。その折、それがしの不躾《ぶしつけ》お許し下され」

「火急の場合は上屋敷にそれがしを訪ねて参られよ」

会見は終わった。


夜半、影二郎とあかは板橋平尾宿から高田村に戻ろうとしていた。

雑司ヶ谷村鼠山に差し掛かったのは八つ（午前二時）の頃合だ。

昼間ひっそりとしていた感応寺に人の気配がした。

主従は竹矢来が組まれた表門から女御門に回ってみた。なんと門前には篝火《かがりび》が明々と焚《た》かれ、江戸からと思える長持ちなどがいくつも運び込まれていた。

すでにお美代の方に賛同する輩《やから》が供物料や酒などを送り届けてきたのであろう。

「お美代の方様、やりおるな」

影二郎はそう呟くと、

「すべては明日のことよ。あか、塒《ねぐら》に戻ろうか」

と高田村の名主屋敷へと歩を運んでいった。

雑司ヶ谷村と高田村の境の道に主従が辿りついたとき、行く手から煌々と照らし出された行列がやってきた。

先頭には鑓持《やりも》ち二人が立ち、十万石大名以上の格式の行列と見えた。だが、夜半に大名家の行列が組まれるわけもない。

影二郎はさして広くもない道の端に避けて通過を待ちながら、掲げられた提灯の家紋を見て、

（なんと早々家斉様の側室のお出ましか）

と苦く笑った。

三つ葉葵《あおい》、徳川家のご家紋であった。

影二郎とあかを認めたか、先触れの供侍が走り寄ってきた。

乗り物のかたわらには身丈七尺はあろうかという女偉丈夫が白鉢巻に内掛けで大薙刀を小脇に抱えて控えていた。

お美代の方の警護頭を務める御半下《おはした》のお力だ。東軍流薙刀の達人のお力は刃渡り三尺、柄八尺の大薙刀を軽々と扱うことが出来た。

「夜半に胡乱《うろん》の者である。身分高きお方の行列が参る。この道から引き下がって姿を消せ」

陣笠の侍が指揮杖の先で家並みの間に細く通った路地を示した。

「胡乱とは笑止なり。夜半、行列を組んで破却された寺に闇参り致さんとなす輩こそ怪しげじゃな」

「おのれ、この御行列のお方をどなたと心得る」

「千代田の大奥に巣食った女狐とみたがどうだな」

「申したな」

指揮杖を振って乗り物警護の御番衆を呼んだ。

おっとり刀で数人の若侍が走り寄ってきた。

「お方様の供先を邪魔する者だ、斬って捨てよ」

先触れの陣笠が命じて、四人の御番衆が刀を抜いた。

「止めておけ。それより女乗り物の主どのに挨拶申し上げたい」

影二郎は刀に囲まれたまま女乗り物に近付いていった。

悠然とした歩みに気圧されたか、四人の供侍が影二郎を囲んだまま移動していった。

「お方様のお乗り物を囲め！」

御行列奉行が警戒の声を上げた。

そのときには影二郎とあかは女乗り物近くまで接近していた。

乗り物の屋根の上に半身を聳えさせたお力が動く気配はない。

「なにをしておる、斬り棄てよ」

先触れの陣笠が狼狽の声を上げ、その命に慌てた御番衆が、

「とおおっ！」

という気合の声とともに剣を振り翳して突っ込んできた。

影二郎は一歩後退すると肩にかけた南蛮外衣の襟を摑んで引き抜いた。

夜空に大輪の花が咲いた。

黒羅紗と猩々緋の花弁が波打つと剣を翳して突進してきた御番衆の腕を裾に縫い込まれた銀玉が打ち、刀を飛ばすとさらにもう一つの銀玉が腰を直撃して前のめりにつんのめらせた。

「おのれ、怪しげなる手妻を使いおるぞ！」

「斬れ、斬り棄てよ！」

朋輩が倒れたのを見て、三人が一斉に影二郎に襲いかかった。

だが、いったん萎《しぼ》みかけた花が再び力を得て、それが蘇ったとき、三人の御番衆も腰や肩を打たれて地べたに転がっていた。

御行列奉行が新手を繰り出そうとしたとき、女乗り物の引戸が開かれた。

「待ちやれ」

澄んだ声音に威厳があった。

影二郎は南蛮外衣を肩に戻すと会釈をした。

「そなた、何者か」

「素浪人夏目影二郎と申す者にございます、お美代の方様」

「わらわの身分も承知の上の狼藉か」

「火の粉を打ち払ったまでにございます」

お美代の方がしばし沈思した後、

「そなたら、ちと離れよ」

と供の家来衆、陸尺、御女中衆に命じた。

しばしの躊躇の後、供の者が女主の命に従った。だが、お力はその場に残った。

影二郎は乗り物のかたわらに片膝を着いた。

漏れてくる明かりに白い顔が浮かんだ。家斉を長年にわたり、虜《とりこ》にした容色は薄れていたが、妍《けん》のある端正な顔に権謀術数《けんぼうじゅっすう》を操ってきた凄みが隠されていた。

「老中首座どのは凄腕の密偵を抱えておるとの風聞が大奥にも届いておったが、大目付常磐秀信の妾腹の子、夏目影二郎とはそのほうのことか」

「それがしのことにございます」

「秀信は不埒のことありて、蟄居中と聞いたが堅固か」

「明後日検使を屋敷に迎えて切腹の沙汰がおりましてございます」

「忠邦の寵臣と聞いたが、だれぞに讒訴されたか」

「お美代の方様はよう分かっておられますな。水野忠邦様は妖怪どのから傀儡《くぐつ》まで配下にいろいろと取り揃えて天保の改革を進めておられます。まず父のように優柔不断の者は蹴落とされるのが世の習わしにございます」

お美代の方が声もなく笑った。

「そなた、変わり者よのう」

「お美代の方様と同じく日陰の出にございますれば、世間を斜に見るのは得意にございます」

「わらわを破戒僧の娘と承知で申すか」

「さよう。お美代の方様、他にもわれらが共通の問題もございます」

「なんじゃな」

家斉を長年にわたり、掌にしっかりと繋ぎとめて、数多《あまた》の側室との争いに勝ちを収めてきたお美代の方が影二郎を睨んだ。

「そなた様の父もそれがしの父もまたその命風前の灯にございます」

「わが父は島流しになる身じゃぞ」

「命は救われたと申されますか。お方様、大奥において見聞きなされたは勝者の冷酷非情ではございませぬか」

「父、日啓の命が危ういと申すか」

「お答えはお方様の胸の中にございます」

お美代の方の視線が影二郎を正視し、目まぐるしいほどに何事かを考えておられた。

「夏目、おもしろき考えであった」

「お美代の方様、家斉様の菩提を弔い、静かな余生を過ごされませぬか」

「日陰の者の生き方、そなたがよう承知であろう。水野忠邦の強引なる政事《まつりごと》、わらわは許せぬ」

「明晩の闇供養にて過ぎ去った栄華が蘇りましょうか」

「走狗は走狗の務めを果たせ」

「承知仕りました」

　御行列奉行を呼んで、

「行け」

　と命じたお美代の方の引戸が閉じられた。

　影二郎は顔の見えなくなったお美代の方に、

「孫は子よりも可愛いと世間では申します。孫には迷惑至極な婆様の節介もございます」

「小賢しいわ」

　それがその夜最後に聞いたお美代の方の言葉であった。

　影二郎とあかが高田村の名主屋敷に戻ったのは夜明け前のことであった。

気配を察したおこまが囲炉裏端に姿を見せると火を掻き立て、用意していた酒の燗を手早くつけた。

「おこま、休んだか」

影二郎の語調は優しかった。

「はい」

「おれの父が腹を斬るのが先か、日啓の命が消えるのが先か。今宵の闇参りで決まるわ」

そう呟いた影二郎は酒を口に含んだ。

三

影二郎が仮眠から覚めたのは昼を回った刻限だった。

障子から差し込む光は鈍く、雪でも振りそうな寒さに変わっていた。

囲炉裏端にいくと小才次が刻《きざ》み葱《ねぎ》をたっぷり載せた煮込みうどんを食べていた。江戸を往復して戻ってきたようだ。

「父上と会ったか」

「影二郎様の言葉を伝えますと静かに頷かれ、汚名を着せられての自裁じゃが、これも常磐秀信の定めなれば致し方あるまい、覚悟は出来ておると答えられました」

「それでこそ影二郎の父上だ」

「影二郎にはこう伝えてくれと申されました」

「なんとな」

「この世の名残の酒を酌み交わしたかった」

「承った」

と影二郎は厳粛な顔付きで答えていた。

「影二郎様、殿様をお助けできないのでございますか」

「老中、五手掛が立ち会われた闇老直裁判で出された沙汰をひっくり返す手妻があるかどうか」

小才次の目には影二郎が苦悩している様子が窺えた。

「小才次、今宵の感応寺の騒ぎ解決に一縷の望みを託しておる。われらは父上の事を一旦忘れ、こちらに専念しようぞ」

「はい」

と頷いた小才次が、

「影二郎様、嵐山に立ち寄って参りましたが、添太郎様は仏間に籠られて、殿様の無事を先祖の霊に願われていると若菜様が申されておりました」

と言った。

「江戸市中はどんな風か」

「家斉様と縁《ゆかり》のあった商人やら講中の者たちが団扇太鼓を打ち鳴らして感応寺に向かっております」

「すでに闇参りの行列が始まったか」

「ただ御城から宿下がりをしていた御女中衆の行列は日が落ちてのことと思えます」

頷く影二郎に、

「若様、打ち立てのうどんだぞ」

とおひろが昼餉の煮込みうどんを運んできた。

「頂こう」

男二人は黙々とうどんを食した。

昼餉を終えた小才次が、

「感応寺の周りを見て参ります」

と立ち上がるとあかがどこからともなく姿を見せて、小才次に従う様子を見せた。

「小才次、矢立を持って参れ。なんぞあればあかの首に言付けをくりつけよ」

影二郎が腰の矢立を外すと渡した。

「へい」

と畏まった小才次が腰に矢立を下げあかを連れて、高田村の名主屋敷から姿を消した。

台所の板の間に影二郎一人になった。

「屋敷には刀の手入れ道具があったな」

武家がしばしば泊まる豊左衛門屋敷には刀の手入れをする道具も用意されていた。

「物騒なものを手入れするかね。今、奥から借りてこよう」

おひろが道具を運んできて、影二郎は法城寺佐常の目釘を抜くと柄を外して、刀身を改めた。

刃に付いた脂汚れや曇りをふきとり、打粉をうった。

拭紙では刃区《はまち》から切っ先にかけて拭った。最後に奉書紙で丁子油《ちょうじゆ》をうっすらと塗った。

刀と向き合って無心に手入れを続けていると心が落ち着いた。

「空は晴れたというのに白いものが落ちてきたよ」

と正月晦日に降り出した雪に驚く声が名主屋敷の庭から聞こえた。

刻限が静かに進み、囲炉裏端に行灯が点された。

あかが頭に薄く雪を載せて土間に飛び込んできた。その口には手紙が咥えられていた。

「おうおう、あか、使いが出来たか。今、夕餉の餌を用意してやるでな」

若い女中の一人が言い、口の手紙を取ると、

「若様」

と刀の手入れが終わった影二郎に渡した。

「あか、ご苦労であったな」

影二郎に声をかけられ、あかが尻尾を振った。

手紙は小才次からだ。

〈影二郎様、感応寺にはただ今の処、講中の者を中心に数千人ほどの人間が集まっているものと思えます。まだ陸続と感応寺を目指す人波が続いております。また宿下がりをしていた奥女中方は加賀友禅、京友禅の小袖に打掛けとお触れに反して万事豪奢な召し物にて女御門を入っていく姿が見られるようになりました。

お美代の方様との縁で感応寺の日啓と関わりのあった御三家、前田家、浅野家、一橋家は未だ動かず、大名旗本の何家が用人、留守居役を送ってきた程度にございます。ともかくすべては日が落ちてからのこと、晴れた空から雪は降ったり止んだりで寒さだけが募って参りました。

また感応寺の周りには大目付、目付、南北町奉行所などの密偵などが入り込んで感応寺

の出入りの者を記録しておる様子にございます。小才次〉
「酒を貰えぬか」
「あいよ」
とおひろが答えた。

影二郎が名主屋敷の囲炉裏端から腰を上げたのは五つ（午後八時）過ぎのことだ。

一文字笠を被り、ちらちらと風花のように舞う雪に南蛮外衣を纏った。

その供はあかだ。

高田村から雑司ヶ谷村の高台へと出ると団扇太鼓を乱打して、

「倹約、節約、種切れだ！」

「祭りも駄目、酒も駄目、なんでも駄目で闇詣り！」

とやけくその声を張り上げながら、明かりの帯がいく筋も鼠山の感応寺を目指していることが見えた。

「さてさてお美代の方の願いはなるかどうか」

雑司ヶ谷村丸池から流れ出す細流ぞいに感応寺女御門に向かおうとした影二郎は足を止めた。

着流しに頬被りをした町人が、

「南蛮の旦那、互いに苦労なこってすねえ」

声の主はなんと北町奉行遠山左衛門尉景元その人だった。

「金四郎様もお忍びで闇供養を見物ですかな」

「時の流れに逆らって女狐がどんな手並みを見せるか、ちょいと気になりましてねえ」

「こちらは親父どのが風前の灯だ。なんとかならないものかとない知恵を絞っておるところにござる」

「影二郎どの、妖怪鳥居耀蔵は早晩自滅いたす。だが、水野様が後ろ盾でいる以上今はだれも逆らえぬ。相すまぬことと思うておる」

武家言葉に変えた遠山奉行が影二郎に詫び、さらに言った。

「影二郎どの、今朝ほど城中にて前田斉泰様が水野様に面会を求められ、今宵は前田家先祖の供養をなすによって江戸屋敷凡ての門を夕刻より閉ざして、前田家並びに家臣一同何人たりとも外に出さず一夜読経三昧を致す所存ゆえ、ご近隣に不審や迷惑がかかるやも知れませぬが法会の事、また一夜限りの行事にてご寛容の程をとお断りなされた由にござる。つまりは感応寺の闇供養には前田家家臣一人たりとも出されぬと宣告されたに等しい」

「となれば当然浅野家も、お美代の方の意向を受け入れぬということになりましょうな」

「家斉様は御三卿一橋家の出にございますがな。こちらもまず闇供養には人は出されまい」

と応じた遠山は再び伝法な口調に戻し、

「これも南蛮の旦那の引いた絵図面と見たがいかがかねえ」

と聞いた。

「未だ成算ならず、思案中にございます。ともあれ、お美代の方と林忠英様の苛々した様子が見えるようではございませぬか」

「お美代の方をさらにいらつかせる一事がございますのさ」

「なんでございますな」

「浅草弾左衛門の号令一下、浅草溜めの車善七の手先が糞尿の桶を担いで市中に散ってましてな、大奥から宿下がりした中臈衆の行列が雑司ヶ谷に向かうと見るとどこからともなく糞尿が降りかかる、黄金色に染まった行列が右往左往する事件が頻発しておりますのさ」

と遠山奉行が苦笑いした。

「水野忠邦様の奢侈贅沢のお触れに反しての闇供養、大奥の御女中衆はこの夜のために誂えた友禅、総絞り、縮緬《ちりめん》、綸子《りんず》の小袖内掛けが糞尿塗れでは感応寺には行くことは出来ますまいぜ。そなたのせいで一夜明ければ江戸じゅうが黄金色に染まることになりかねねえや」

「糞尿で命が助かればそれも功徳にござろう。この雪が黄金色の野心も臭いも消し去ってくれましょう」

「ほんにそう願いたいもので」

と答えた遠山奉行は、

「お手並み拝見仕る」

との言葉を残して闇に消えた。


感応寺女御門には万灯を掲げた闇供養の男女が続々と入っていた。だが、それは武家よりも町人の数が断然多かった。

境内から講中の者が打ち鳴らす団扇太鼓の音がちらちらと舞う雪を吹き飛ばすかのように威勢よく鳴り響き、篝火が明々と夜空を焦がしていた。

すうっ
とした人の気配がして、菱沼喜十郎とおこまの親子が影二郎のかたわらに立った。

「すでに感応寺境内には万余の人間が入っております」

「人いきれが外からも窺えるな」

「影二郎様、寺社奉行阿部伊勢守正弘様が出馬なされて高田村の抱屋敷に手勢を入れられました」

とおこまが報告した。

備後福山藩《びんごふくやま》十一万石の城主の阿部正弘は此度の感応寺取締りのきっかけを作った人物だ。大奥から長持ちに入った御女中が感応寺へと運ばれ、若い僧侶と密会をなすという情報を摑み、長持ちを調べると果たして御女中が隠れ潜んでいたのだ。

この阿部の抱屋敷が高田村にあった。

「抱屋敷に入られたということは様子を見るということか」

「おそらくは水野様の意向を受けてのことと思えます」

と喜十郎が答えていた。

抱屋敷は幕府から拝領した屋敷ではない。福山藩が土地を購ったか、借地したかした私有地であり屋敷だ。

阿部正弘は寺社奉行として出張りながら抱屋敷に入った行動の背景には、

「出来ることなら家斉側室のお美代の方と大奥の騒ぎを穏便に取り静めたい」

という水野と幕府の考えが反映してのことと喜十郎は見ていた。

「小川町に御検使を迎えるまで半日しかございませぬ。影二郎様、どうなされますな」

とおこまが焦れたように迫った。

「寺社奉行どのが洞ヶ峠《ほらがとうげ》を決め込まれるのだ。われらが悪戯《いたずら》に騒いでも申し訳なかろう」

「なんの手も打たれませぬので」

「これ、おこま」

と喜十郎が娘の言葉を咎めた。

「おこま、今のところお美代の方と林の策は狙ったほどに成功しているとは言い難い。江戸を動かす人材と数は動いておらぬ。ここは我慢のしどころよ」

と答えた影二郎は、

「おこま、そなたは阿部様の抱屋敷を見張れ。寺社奉行の出馬との気配あらば、法明寺《ほうみようじ》本堂に急ぎ来よ」

「畏まりました」

「喜十郎はこの場に残れ。異変あらば知らせよ」

「承知しました」

三人は三方へと分かれた。

法明寺は雑司ヶ谷界隈で一番の寺領を誇る古刹であった。

弘仁元年（八一〇）に慈覚大師が開基した寺で当初は稲荷山威光寺と称した。それが正嘉《しょうか》元年（一二五七）に日蓮の弟子、日源により日蓮宗に改め、威光院法明寺と寺名を変えた。

あかを従えた影二郎が山門を潜り、本堂前に向かった。

遠くから鼠山の騒ぎと夜空を焦がす万灯の明かりは窺えたが、法明寺は静まり返っていた。

「あか、しばし待つことになろう」

影二郎は階《きざはし》に座すと南蛮外衣の襟を閉じた。

あかは影二郎に寄り添うように体を丸めた。

雪はちらちらと舞い、突如止み、再び夜空から風花《かざはな》を舞わせた。

影二郎とあかが本堂前に動かなくなって一刻が過ぎた。

鼠山はなぜか静まり返っていた。

九つが近い刻限、二つの駕籠が法明寺の境内に入ってきた。提灯の明かりは浅草弾左衛門であることを示していた。

影二郎は立ち上がり、迎えた。

先頭の駕籠から弾左衛門が降りた。供の者と二丁の駕籠の担ぎ手はすべて弾左衛門の支配下だ。

影二郎は影警護の者に弾左衛門の手下たちが従っていることを察していた。だが、影二郎の目にも彼らがどこに潜んでいるのか分からなかった。

「お頭、ご苦労に存ずる」

「夏目様、お連れ申しましたよ」

もう一丁の駕籠の扉が開かれた。

「ご足労にございます」

影二郎が声をかけた。

元御納戸頭取中野播磨守清武だ。

御納戸頭取とは将軍の手許の金銀、衣服、調度の出納に携わり、大名旗本が献上した金銀物品を受け取り、下賜の金銀衣類を扱った。それだけに将軍家に近侍する旗本で信頼も厚い。

中野はお美代の美貌に目をつけ、養女にして大奥へ御次として奉公させた人物だ。このお美代の美貌と才気に惚れた家斉の手が付き、寵愛を受け、三子を産んだことで中野清武の出世が始まった。

文政六年（一八二三）には五百石を加増され、さらに四年後には新御番頭格奥勤めで二千石を賜った。

だが、家斉の晩年が近付いた天保の初め、中野は突然隠居を願い出て、隅田川向島に別宅を構えて名を、

「碩翁《せきおう》」

と号して隠棲《いんせい》した。

それでも中野碩翁は時に登城して、幕閣に意見を申し述べるほどの力を有していた。

だが、天保十二年一月に家斉が死去して、大奥に実権を握られた大御所政治は終わりを告げた。

機を見るに敏の中野碩翁は水野忠邦の改革を知るや、向島の別邸を一夜にして打ち壊し、身の保全を図った。

影二郎はお美代の方説得にこの中野碩翁に頼ろうと弾左衛門に内々に相談したのだ。

「碩翁様、雪の中、造作を掛け申す」

「年寄を引き出すは大目付常磐秀信どのの子か」

「血が繋がっておるとは申せ、妾腹にございます」

「そなたの凄腕、水野様が利用なされると聞いておったが、まだ若いのう」

この時、中野碩翁は七十四歳になっていた。

「この年寄にお美代の方の説得を願うか」

「この闇供養の始末次第ではお美代の方様ばかりか、碩翁様にも中野家にも累が及びましょうぞ」

「もはや七十四歳の年寄を脅したところで怖くもないぞ、夏目」

「前田家、浅野家の正室にとばっちりが及んでもそう申されますか」

お美代の方の養父の中野碩翁にとって前田と浅野の正室は孫と呼べなくもない。これが碩翁に力を与えてきた源であった。

駕籠の老人が深い吐息をついた。

「お美代の方様はもはやだれの意見も聞かぬがのう」

駕籠の扉が閉じられた。

「弾左衛門様、参りましょうか」

影二郎の声に弾左衛門が頷いた。

四

高田村の備後福山藩抱屋敷から寺社奉行阿部正弘に指揮された手勢が押し出したのは九

つを過ぎた刻限だ。

福山藩の家臣だが阿部正弘が幕府の寺社奉行として動くとき、それは幕府の意を含んだ手勢ということになった。

後年のことになるが水野忠邦の天保の改革が失敗に帰したとき、阿部は二十七歳の若さで水野に代わり老中首座に就いた人物だ。その性格は若くして、

「激怒などは致さざる性」

と徳川斉昭《なりあき》に評された人物だ。

先触れが声高に、

「寺社奉行阿部正弘様のお出張りである。家斉様の一周忌供養は菩提寺寛永寺においてなされる。破却された感応寺で怪しげなる闇供養など許されぬ。散れ、散れ！」

と幕府の威光を示しながら高田村から雑司ヶ谷の鼠山へと上がっていった。

闇供養に向かう一部の者たちは寺社奉行が出たというので、

「これは厄介なことになりますぞ」

「江戸に引き返したほうが無難かな」

「そう致しましょうかな」

と団扇太鼓を叩くのを止め、万灯の明かりを吹き消して江戸に引き返す連中も現われた。

その者たちが新たに感応寺へ向かおうとする行列や講中の一団に出会い、事情を告げると、

「寺社がなんだえ、こちとらは家斉様のご供養に行くだけだ」

と突っ張る勇み肌の兄さん連もいたが大半は、

「お上が出た以上、お美代の方様の意向は潰されたということ、戻りましょう、戻りましょう」

と引き返していった。

寺社奉行出馬の報は鼠山にも直ぐに届き、感応寺の警護に当たる比丘尼たちが薙刀を構えて、女御門に防御の陣を敷いた。

また先の若年寄林忠英の家臣団を中心に形成された感応寺守護軍も各門に集結し、一触即発の様相を見せた。

その気配を見た団扇太鼓の連中の中には、

「こいつは不味《まず》いぜ。うちの中には女子供もいらあ、外に出せ。直ぐに引き上げだ」

と逃げ出す者もいた。

そんな騒ぎの中、女御門前に二丁の駕籠が乗り付けられた。

従うのは一文字笠を被り、着流しの浪人だ。腰には反りの入った豪剣が差し落とされ、

左の肩には南蛮外衣がかけられてあった。

「駕籠を止めよ、ここからは徒歩で参られよ」

感応寺を守護する林忠英の家臣がきらきらと輝く槍の穂先を突き付け、命じた。

薙刀を構えた比丘尼たちが夏目影二郎の姿を認めて、

「こやつ、感応寺に押し入って騒ぎを起こした者ぞ！」

「気をつけ召され、門番どの！」

と口々に叫び、薙刀の刃先を半円に揃えて駕籠を取り囲もうとした。

「止めておけ、争いに通るのではないわ。お美代の方様と面会である」

影二郎が静かに応じた。

「素浪人の分際でお美代の方様にご面会とは僭越至極《せんえつしごく》！」

門番の槍の穂先が篝火《かがりび》に煌《きらめ》くと影二郎の胸に突き出された。腰の入った突きの一手だったが影二郎は間合いを見切っていた。

気配を感じた瞬間、肩にかけた南蛮外衣に力を吹き込んでいた。

煌々と焚かれた明かりの中、風花のようにちらつく雪を吹き戻して黒羅紗と猩々緋の花が大きく咲いた。裾に縫いこまれた銀玉が突き出された槍の穂先に絡み、影二郎が手首に捻りを入れると、

あっ
という驚きの声を上げた門番の手から飛び放たれた槍が虚空をくるくると舞い上がり、穂先が女御門にはめ込まれた感応寺の紋に突き立つと紋を真っ二つに割っていた。

「おのれ、やりおったな」

警護の比丘尼たちが薙刀を構えた。

わあっ
という群集の叫びが起こり、駕籠の引戸が開かれた。

「待て、警護の者ども」

駕籠の中の顔を見た比丘尼の一人が、

「中野磧翁様」

と叫んでその場に片膝を突いた。

「お美代の方にご挨拶に罷り越した。この者も後ろの駕籠も磧翁の連れである。案じることはない」

「磧翁様、この者、お美代の方様に害する者にございます」

「黙れ！　比丘尼が差し出がましい口を利くでない」

老中にも一目置かせた中野磧翁の叱声に、

「ははあっ」

と比丘尼や門番が畏まって、影二郎の、

「通る。門番、案内せえ！」

の声に二丁の駕籠は感応寺の本堂へと進んだ。

菱沼喜十郎とおこまの親子は寺社奉行出馬を影二郎に告げんとしてこの模様を認めた。

「おこま、影二郎様が動かれたわ」

「これで常磐の御前のお命救えますよねえ」

「さてのう」

親子が不安の色を隠せず言い合った。

三万坪の境内に数万余の講中の者たちが雲集して、憑《つ》かれたように団扇太鼓を叩いていた。

その中を影二郎が従う二丁の駕籠が進んでいった。

感応寺七堂伽藍の僧堂奥ノ院の上段の間に座すお美代の方はかたわらに控える林忠英に、

「前田家の講中は到着したか」

と朱に染めた顔で聞いた。

「未だ」

お美代の方の眉がきいっと釣り上がった。

「浅野は、一橋はどうした」

「いずれも未だ到着致しませぬ」

御側御用の職を辞された水野美濃守忠篤が不安げに答えた。そのかたわらには元小納戸頭取美濃部筑前守茂育が落ち着かない様子で控えていた。

林、水野、美濃部は大御所時代、三佞人と呼ばれた人物たちだ。

「先公家斉様のご供養をないがしろにする気か」

「なんともはや」

林も答えを言い淀んだ。

「中臈どもの集まりはいかに」

「それも思ったよりは」

林の顔に脂汗がしたたり流れていた。

「おのれ」

とお美代の方が歯軋《はぎし》りしたとき、坊主の一人が、

「お方様、ご養父中野碩翁様のお越しにございます」

と知らせてきた。

「なにっ、養父どのが」

お美代の方の言葉が終わらぬ内に口を一文字に閉ざして威厳を見せた中野碩翁がずかずかと奥書院に入ってきた。

その後に羽織袴の町人と夏目影二郎が従っていた。

「ご養父どの、なに用あってかような者を供に連れてこられた」

詰問するお美代の方に会釈した碩翁が林忠英ら三佞人をじろりと睨み回し、

「お美代の方様、碩翁の最後の頼み、ちと内々にお話がござる」

と言うと、

「林肥後どの、水野美濃どの、美濃部筑前どの、そなたら、役を罷免され、謹慎中の身ではなかったか」

と訊いた。

「今宵は家斉様の法会でございますれば」

林が答えた。

「黙れ黙れ！　この佞臣《ねいしん》めが、この場から下がりおろう」

と元若年寄を叱咤した。

「磧翁様とは申せ、その言葉、許せませぬぞ！」

林が救いを求めるようにお美代の方のそばに行き、お美代の方が、

「ご養父どの、これより家斉様の一周忌供養が始まるところ、そなた方こそ退去なされよ」

と叫び返した。

「お美代の方、もはや事は破れたり。寺社奉行阿部正弘どのが手勢を率いて感応寺を取り囲んでおられる。前田も浅野も一橋もこれまで関わりのあった大名諸侯も家斉様の闇供養には使いを送っては来ぬ」

水野が悲鳴を上げた。

「ご養父どの、わらわには家斉様のお墨付きがある。ほれ、ここに」

と胸の襟元に差した書状を叩いた。

「お美代、今やそれがそなたの命取りぞ」

磧翁が叫ぶと、

「そなたも大御所様の寵愛を受け、大奥から政事のからくりを見てきたはず、今や老中首座水野忠邦様を中心に幕政は回っておるのだ。それに逆らうは時の流れを反対に向かわせるようなものじゃぞ」

「ご養父、ただ今の政事間違うております」

「それはそなたが決めることではない。後の世が決めることよ」

と静かに諭した磧翁が、

「日啓どの、日尚どの、今夜半揃って牢死なされたわ。その意味、お美代、分かるな」

お美代の方を助けるために牢内で始末されたのだ。

「おのれ、水野め」

と叫んだお美代の方が、

「お力、水野忠邦の走狗を始末せえ！」

と磧翁の背後に控えた影二郎と弾左衛門を震える手で差した。

奥書院次の間の襖が蹴り開けられ、七尺の大女が頭を鴨居の下からひょいと潜らせて、書院の間に入ってきた。

刃渡り三尺の大薙刀が、
ぶるん
と振るわれると書院の空気が二つに裂けた。

お力の視線が影二郎を射抜いた。

薙刀が再び力を得ようとしたとき、影二郎のかたわらにあった南蛮外衣が、

ふわり
と持ち上がってお力の視界を塞ぐように広がり、黒と緋の花を咲かせた。
お力は構わず影二郎に大薙刀を叩き付けようとした。
大輪に咲いた長衣の下で影二郎が片膝を突くと、
するする
と進んで先反佐常を抜き放ち、女偉丈夫の腰から胸へと一気に斬り上げた。
げえぇっ
大薙刀が空を切り、よろめくお力の頭から南蛮外衣が包み込むように落ちてきて、隣室との敷居の上に、
ずずずどーん！
と巨木が倒れるように転がった。
影二郎が切っ先の反り返った血刀を下げて、お力の代わりに書院の中央に立った。
お美代の方の警護隊、愁泉尼に率いられた比丘尼の一団が書院の廊下に姿を見せた。
「お美代の方様、それがしの頼みで磧翁様出馬を仲介なされたのはここにおられる浅草弾左衛門様でござる。比丘尼が動くなれば、すでに感応寺に忍び入りし、弾左衛門様の手勢が動くことになるがよいか。あたら年若き比丘尼どもの、花の命を散らすこともあるまい

て」

と影二郎が言いかけると感応寺書院の格子天井があちらこちらで、

かたかたかたかた

とその言葉に呼応するように鳴り響いた。

その物音は天井を圧するほどだ。

「内には浅草のお頭の手勢、外には寺社奉行の軍勢、もはや事は決したり」

影二郎の言葉にお美代の方が立ち上がって内掛けを脱ぎ捨て、

「おのれ、常磐秀信の妾腹めが」

と眦《まなじり》を決して叫ぶと懐剣を抜き取り、先反佐常を下げた影二郎に突きかかっていった。

懐剣の切っ先をかわした影二郎の佐常の柄頭がお美代の方の鳩尾《みぞおち》に突っ込まれ、

くたくた

と倒れ込むのを影二郎が抱き留めた。

女御門の門前では比丘尼の一団と寺社奉行の手勢が睨み合いを続けていた。

陣笠、陣羽織の若き寺社奉行阿部正弘が感応寺突入を下知しようとしたとき、先ほど境内に入った二丁の駕籠が再び姿を見せた。

　駕籠の前に着流しに一文字笠の影二郎がいた。

「寺社奉行阿部正弘様に申し上げる。感応寺の闇供養ただ今中止と相なり申した。境内に雲集する講中の者、ただ今より静かに引き上げるによって道を開けて下され。お願い申す」

「そなた、夏目影二郎どのか」

「いかにもさようにございます」

「闇供養中止の次第とは」

「闇供養を呼びかけし林忠英様ら感応寺本堂に神妙に控えておられる。阿部様ご自身がお調べあれ」

「そのお駕籠の主は何者か」

　先頭の駕籠の引戸が開かれ、

「阿部どの、中野碩翁にござるよ」

　阿部はお美代の方の説得役を養父の中野碩翁が務めたかと納得した。

「碩翁様、ご苦労でござった。さようの次第なれば寺社奉行の一存にて講中の者たちの引き上げを許しまする」

阿部正弘が宣告し、中野が頷くと、

「有難き処置にござる」

と礼を述べて戸が閉じられた。

影二郎が従う二丁の駕籠が女御門を出ると高田村へと向かった。

その後、もはや団扇太鼓の音も万灯の明かりも消した講中がぞろぞろと女御門を出て、寺社奉行の手勢がその中に此度の騒ぎの首謀者が紛れておらぬか調べ始めた。

その作業は夜を徹して行われ、寺社奉行阿部正弘が感応寺に入ったのは夜明けのことだった。

そこに草臥《くたび》れ果てた元若年寄林忠英ら三佞人が残っていた。

加賀金沢藩百二万石の前田家の上屋敷育徳園は本郷、里では森川宿《もりかわじゆく》と呼ばれる地に敷地十万四千坪余を有して広がっていた。

表門は朱に塗られ、

「赤門」

と土地の人間には呼ばれていた。

八つ半過ぎ、表門に二丁の駕籠が到着し、訪いが告げられた。

「今宵は先祖供養である。一切の出入りは許されておらぬ。御用なれば明日になされ」

と門番が中から怒鳴った。

「火急の御用にて参上した。年寄横山康正様に夏目が面会にござると伝えられよ」

門内で相談の様子が窺えた後、

「暫時待たれよ」

と影二郎は待たされた。

だが、間も置かず通用門が開かれ、横山康正その人が姿を見せた。

「夏目どのか」

「約定により参上致しました」

「お駕籠の人は」

影二郎が横山だけに聞こえるように囁くと横山の顔色がさあっと変わり、

「中へ入られよ」

と駕籠のまま通用門を潜ることを許した。それればかりか式台から奥へと駕籠が乗り入れられ、門番たちが呆然とそれを見送った。

さすがに三百諸侯筆頭の禄高を誇る加賀金沢藩の上屋敷の廊下だ。駕籠を乗り入れてもいささかの狭さも感じさせなかった。

案内される駕籠と影二郎とが廊下の角で別れた。

駕籠はさらに奥へと導かれ、影二郎は横山康正に案内されて、明かりの点った白書院に案内された。

上段の間には人影はなかった。

だが、間を置くことなく前田斉泰公が姿を見せられた。

「夏目影二郎、市振宿以来じゃのう」

懐かしげな声が影二郎に投げられた。

「斉泰様にはご機嫌麗しゅう拝察申し上げます」

うーむと頷いた斉泰が、

「父上、常磐秀信どのがこと聞き及んでおる」

と言い出された。

「そなたの手土産一つ確かに受け取った」

斉泰が緊張の声を出した。

「今一つ」

と影二郎は懐から書状を出して斉泰に差し上げた。横山康正がそれを受け取り、斉泰に渡した。

斉泰は表書き裏書を確かめ、息を飲んだ。

「読めと申すか」

「お願い申し上げます」

斉泰が封を抜き、一読すると顔色を変えた。

「やはり家斉様はお美代の方にかようなお墨付きを渡しておいでであったか」

斉泰が呻き、影二郎は黙って頷き返した。

それは斉泰と溶姫の間に出来た犬千代を家定の後継に押すというお墨付きであった。

溶姫は家斉とお美代の方に出来た第三十六子、ただ今の斉泰の正室であった。

「かようなものが表沙汰になれば加賀がいかに関わりないと主張しようと危機に瀕するは確かじゃ。夏目、そなた、この手紙をいかにしようと考えておるな」

「明朝城中にて斉泰様のお手から家慶様に差し上げて頂けませぬか。それが加賀藩に迷惑が掛からず、お美代の方様をお救いするただ一つの道にございましょう」

「家慶様にその始末を委ねよと申すか」

「いかにも」

「そなたの頼み、それだけか」

「はっ」

しばし沈思された斉泰が軽く膝を叩かれ、なにか得心した様子で、

「夏目影二郎、そなたにまた加賀は救われたようじゃな。そなたになんぞ褒美を考えぬといかぬがのう」

とにっこりとした笑みを返された。

終章

小川町の大目付常磐秀信の拝領屋敷表門が大きく開かれ、塵一つないように掃除がなされ、打ち水が打たれていた。

常磐家はあとは城中から検使役を迎えるだけだ。切腹する仕度を凡て終えていた。

座敷の一つは畳が裏返しにされ、介錯の家来も控えていた。

拝領屋敷は森閑として物音一つしなかった。

主の切腹が終われば、旗本三千二百石の常磐家は改易に付され、消滅する。

そんな緊張が小川町全体を覆っていた。

四つ前、城中からの検使、御目付の佐川伊右衛門と田辺彦九郎が門前に到着した。

式台で迎えた用人が常磐秀信の控える奥書院へと案内していった。

常磐邸の周りには南町奉行鳥居甲斐守耀蔵の密偵たちが見守っていた。

影二郎は孤影を引いて、表門が見通せる路地にいた。

屋敷から女の悲鳴が上がった。

鈴女が絶望と悲嘆にくれて上げた声だ。

もはや常磐秀信と常磐家の運命は定まったか、と常磐邸を見守る人々が考えたとき、馬蹄の音が響いて二頭の馬に跨った急使が常磐邸の門内へと駆け込んでいった。

「御検使どの、佐川様、田辺様、暫時暫時お待ち下され！」

その声が常磐家玄関前に響き、馬から飛び降りる気配と廊下を走る足音が響いて静まった。

「どうやら間に合いましたな」

影二郎に声をかけた町人がいた。

北町奉行遠山左衛門尉景元その人だ。

「今朝方、前田斉泰様が俄かに登城なされ、上様に火急の用件とて拝謁を願われたそうな。どうやら影二郎さん、おめえさんの仕掛けだねえ」

「さてさて如何にございましょうかな」

常磐邸から今度は喜びを爆発させた女の泣き声が伝わってきた。

「鳥居どのの企み、此度は阻止申した」

「互いにこれからも苦労しますぜ」

と金さんが笑いかけるとふいっと人混みに紛れて姿を消した。

影二郎は、

(斉泰様、ご褒美、影二郎、確かに受け取りましてございます)

と前田斉泰の好意を胸の中で謝していた。

常磐邸に背を向けた影二郎は、

(妖怪鳥居と猿面冠者の一団がどう反撃してくるか)

を考えながら、

「父上、名残の酒はまたにしましょうかな」

と呟いていた。


お美代の方は剃髪も許されず、本郷の加賀藩上屋敷に幽閉されて命を永らえた。

後年、幕末の騒乱に前田家の上屋敷一帯は巻き込まれた。

本郷の無縁坂《むえんざか》の講安寺に身を寄せたお美代の方は家斉の愛妾のだれよりも長寿を保ち、明治五年六月十一日亡くなった。

三十年余にわたり権勢を誇った、その晩年は哀れであったと伝えられる。

養父中野碩翁は騒ぎのあった年の五月十二日に七十四歳で没した。

解説

菊池《きくち》　仁《めぐみ》
（文芸評論家）

時代小説の出版事情が変わってきている。それは本屋の店頭を覗《のぞ》くと一目瞭然《いちもくりようぜん》である。文庫コーナーでは時代小説が所狭しと並べられている。それも〝文庫書下ろし長編時代小説〟と銘打たれた作品ばかりである。一九八〇年代から九〇年代前半には見られなかった光景である。

本書『奸臣狩り《かんしん》』の作者である佐伯泰英を知る上で重要な点なので、解説しておく。五《ご》味康祐《みやすすけ》、柴田錬三郎《しばたれんざぶろう》が相次いで世を去った一九七〇年代後半から八〇年代にかけて、池波《いけなみ》正太郎《しようたろう》、司馬遼太郎《しばりようたろう》、藤沢周平《ふじさわしゆうへい》といった人気作家の作品を除けば、時代小説は決して恵まれた情況にあったわけではない。出版点数の減少がそれを物語っている。

しかし、九〇年代後半に入ると、時代小説の出版事情に大きな変化が訪れる。その端緒となったのが文庫戦争の熾烈《しれつ》化である。熾烈化する競争に勝ち残るためには、独自の存在領域を持つ必要がある。つまり、その特化戦略の方向に時代小説があったわけである。戦国武将や幕末の志士等の人物伝記の台頭や、峰隆一郎《みねりゅういちろう》作品の根強い人気がそれを証明している。

ところが大きな問題がひとつあった。七〇年代以降、ジャンル、書き手共に裾野《すその》の広がったミステリーと違い、時代小説は出版点数、書き手共に少なかっただけに〝元本〟に限りがある。この解決策として考え出されたのが、〝文庫書下ろし〟という新しいスタイルであった。さらに、この流れが実力をもった書き手のシリーズ化へと発展していった。つまり、雑誌連載、単行本、そして文庫化という従来のサイクルとは違った、文庫による独自のマーケットが形成され、定着していったわけである。文庫のもつ利便性と、時代小説が本来もっていた大衆性がうまくクロスした結果といえよう。

これは読者側にも大きなメリットをもたらした。その第一は、〝文庫書下ろし〟という出版方法によって、新たな書き手の発掘、登用が積極的に行なわれたり、中堅作家によるエンターテイメントに徹した作品の開拓が試みられるようになったことである。

第二は、内容的にも剣豪伝記物、チャンバラ活劇、伝奇物、捕物帳、股旅物と幅が広がりつつあることである。

さて、そこで本題である。一九九九年以降、拡大傾向に加速がついた〝文庫書下ろし長編時代小説〟のマーケットを牽引してきたのが実は本書の作者・佐伯泰英であった。表(1)

を見るとそれがよくわかる。これは現在、作者が執筆している〝文庫書下ろし〟の作品をリストアップしたものである。驚異的ともいえる筆力で、まさに〝文庫書下ろし〟の申し子と言えよう。人気も凄い。ちなみに手近にあった作品の刷数を見たら、『破牢《はろう》狩り』が十三刷、〝吉原裏同心〟シリーズの『流離』が十刷となっており、根強い人気を誇っていることがわかる。

では、作者の人気の秘密とは何か。第一は、いずれのシリーズも、時代小説だからこそ可能な冒険が刻み込まれていることだ。時代小説とは歴史の場を借りて、男たちや女たちの生きる姿勢を描いたものである。もっと言えば歴史を借りることにより、主人公たちがよりダイナミックで、より自由な舞台を与えられる、ということだ。つまり、既成の枠にとらわれない自由な発想と展開が可能なわけである。そこに現代では味わえない刺激的な面白さが生まれる。いずれのシリーズも刺激的な新しさに溢れており、それが躍動感となって読み手に伝わってくる。バブル経済が崩壊し、ヒーローが生きにくい時代になると市《し》井《せい》人情物に人気が集まった。反面、それは〝躍動感の喪失〟でもあった。作者は前述したように時代小説だからこそもちうる現代性に着目することで、躍動感という楔《くさび》を打ち込んだのである。その格好の〝場〟が、〝文庫書下ろし〟であったということだろう。

もちろん、天性の筆力も見逃せない。加えて、展開のスピード感や、シリーズ間の類似性を避けるための、時代、人物造形、職業設定等に細心の注意と工夫をしていることも指摘できる。作者にとって〝文庫書下ろし〟は作家としての資質を開花させる格好の舞台だったわけである。

　中でも本シリーズは舞台装置と仕掛けのうまさでは群を抜いたものとなっている。その第一が、物語の舞台を天保《てんぽう》年間に設定したことである。あらためて言うまでもなく〝天保時代〟は徳川幕藩体制の終末期である。開府以来二百三十年を経て、幕藩体制は制度疲労を起こし、回復の方法を見出せないまま、滅亡への急傾斜を滑落しはじめていた。水野《みずの》忠《ただ》邦《くに》の〝天保の改革〟は、暗いトンネルの中で乾ききった雑巾を絞れといっているようなものであった。時代を覆っているのは救いようのない閉塞感《へいそくかん》である。つまり、トンネルを抜けたらどんな青空が見えるか、を提示できないまま政治改革を叫んでいるどこかの国の政権と酷似していると言えよう。バブル経済が崩壊し、アメリカ流のグローバルスタンダード化の大波の中で、時代は救いようのない閉塞感に包まれて二十一世紀を迎える。本シリーズの主人公・夏目《なつめ》影二郎《えいじろう》はそんな時代の空気を背負って、二〇〇〇年四月に登場する(表⑵参照)。物語を支配している閉塞感は現代のそれと二重写しになっているわけだ。

　第二は、主人公の人物造形のうまさである。この点については、本シリーズ各巻の解説で何度も触れられているので重複は避けるが、時代の閉塞感を象徴するような〝影〟を背負わされているのが特徴となっている。特に、ドロップアウトした影二郎が、アウトローとしての生きざまを徹底できず、父と水野忠邦の〝影御用〟を務めるという設定は、影二郎の生きざまに屈折した心情と寂寥《せきりょう》感を与えていて秀逸《しゅういつ》である。これが読み手側が、主人公の生き方に感情移入できる回路として作用し、〝影二郎人気〟を形成していくことになる。

　第三が、配役の妙である。表(2)を見ればわかるとおり、本シリーズには第一巻の『八州狩り』から、天保という時代を体現した多数の著名な歴史上の人物が登場する。これが有効に作用し、影二郎の行動にリアリティを与えている。

　特に、本シリーズを通して登場し、脇を固めている国定忠治《くにさだちゅうじ》と浅草弾左衛門《あさくさだんざえもん》の使い方は巧妙といっていい。作者は、巷間《こうかん》伝わっている時代の権力に抵抗した反逆のヒーローという忠治像を、さらにふくらませる手法をとっている。例えば、『八州狩り』では、日光参詣に赴《おもむ》く将軍家斉《いえなり》を襲撃する、という噂が流れたり、『妖怪狩り』では偽忠治が出没し、江戸の町を荒らすといったエピソードが挿入されている。つまり、忠治には影二郎が幕藩体制の呪縛《じゅばく》にからめとられているためにもてないアウトローとしての生きざまが投影されているわけである。影二郎はそういった忠治の生きざまに共鳴を覚えており、忠治の中に時代の制約の中で理不尽な権力に徹底抗戦する〝自由な魂〟を見ているわけだ。

一方の弾左衛門には、強固な身分制度で固められた幕藩体制の最下層に位置しながらも生き生きとして生きており、その姿に、幕藩体制の呪縛から解放されている魂のありようを見ているのである。

権力側に位置する父と水野忠邦、その対極に位置する忠治と弾左衛門、この配置の妙にこそ影二郎の人物像が刻み込まれているといっていい。

そして、第四は、本シリーズは影二郎が独自の生き方を確立するプロセスを描いた成長小説としての性格を有していることだ。各巻を飾るエピソードはその一点に集約されてくる。これは本書を面白く読むコツでもある。

そこで本書である。本書は、冒頭に用意された印象的なエピソードで幕を開ける。

《「旦那、聞いたかえ。神田祭が中止だとよ」

「なにっ、天下祭が止《や》めとな」

神田明神の祭礼は天下祭とも御用祭とも呼ばれた。

呼び物は各町内の山車《だし》尽くしで、将軍家が上覧する祭であった。

京の祭に対抗し、幕府の威光を示すために開かれた天下様（将軍）公認の祭ゆえの呼び名だ。

「止めた理由とはなんだ」

もう一人の隠居が好兵衛に聞いた。

「そりゃあ、豪奢贅沢《ごうしゃぜいたく》の禁止令に引っかかったのよ」

「祭は江戸町民が楽しみにしている祭だよ。贅沢といっても一年一度のことだぜ」

「老中水野忠邦《ただくに》様もなにを考えておいでだか」

好兵衛の言葉に心中複雑な影二郎であった。》

〝天保の改革〟の一環として、神田明神の祭礼が中止となり、それに対する庶民の声を聞いた影二郎の〝心中複雑〟という反応が、水野忠邦の〝影御用〟を務める影二郎の立場をよく表わしている。

大詰で作者は影二郎に次のようなセリフを言わせている。

《影二郎と老中首座は静かに睨み合った。

「忠邦様、天保の改革は妖怪鳥居耀蔵の如き武断強行派だけでは成功致しませぬ。今宵もわが長屋近くに妖怪どのが召抱えられた猿面冠者の一団が出没し、それがしの知り合いを襲いましてございます。水野様は妖怪どのにあのような奇態な者どもの暗躍を許しておられるのでございますか。江戸町奉行は天保の改革の先頭に立つ人物にございましょう。また江戸町民が最後により所にする幕府の出先にございます。その者が闇の手先を使うて、敵ばかりか考えを相容《あいい》れぬ味方をも葬りさるような所業を繰り返されればいかなることになるか、水野忠邦様、お考え下され」

水野忠邦は初めて知らされることであったか、しばし沈黙した。

「恐れながら、此度の改革、父や北町奉行遠山景元様のように下々の暮らしを承知の穏健派が片方におられて進められる話にございます」

ふうっ
と水野忠邦が息を吐いた。

「それがしの実家、門前西仲町では年寄り女どもが料理茶屋商い停止のお触れを潔く受け入れ、残った奉公人と一緒に蕎麦餅などを売って、当座を凌《しの》ぐ所存にございます。だれもが水野忠邦様の改革が一刻一日でも早く成就することを切実に祈っておるのです」》

胸のすくような場面である。決して荒唐無稽なセリフではなく、リアリティに溢れているところに作者の面目がある。これこそ歴史を借りた面白さであり、時代小説だからこそ書ける現代性といえよう。

本書は祭礼中止のエピソードで幕を開け、影二郎のこのセリフで大詰めを迎えるわけだが、当初は漠然としていた〝影御用〟を務める影二郎のスタンスが明確になりつつあることを示している。これはそのまま幕藩体制の呪縛から影二郎の魂が自由へと解き放されつつあることを物語っている。

さて、作者は次にどんな物語を用意しているのであろう。そんな楽しみを胸に、ページを繰れるシリーズである。

＊この解説と次ページからの表は、初版刊行時（二〇〇五年五月）のものです。

表(1)佐伯泰英「文庫書下ろし長編時代小説」シリーズリスト

シリーズ名　巻数	出版社	開始年月日	舞台	主人公名	設定	特徴
密　命　⑪	祥伝社文庫	1999・1	享保年間	金杉惣三郎	小藩の留守居役から浪人	御家騒動もの。剣は強いが真面目で情が深い。明朗型の主人公。寒月霞斬りを使う
夏目影二郎始末旅⑨	光文社時代小説文庫	2000・4	天保年間	夏目影二郎	水野忠邦と父・常磐秀信の影御用	妾腹の子で人を殺めた前歴という影を背負って生きている。鏡新明智流の達人
古着屋総兵衛影始末⑪	徳間文庫	2000・7	元禄年間	大黒屋総兵衛	古着問屋・大黒屋惣代	古着の売買を通して財と情報を収集する隠れ旗本。海外雄飛も果たす。祖伝夢想流の落花流水剣
鎌倉河岸捕物控　⑧	ハルキ文庫	2001・3	寛政年間	しほ、政次、亮吉、彦四郎	酒問屋の看板娘	しほとしほを慕う若者三人と岡っ引き宗五郎親分が主人公の群像劇。市井人情ものの色彩が濃い

吉原裏同心⑤	光文社時代小説文庫	2001・10	安永年間	神守幹次郎	吉原の用心棒	豊後岡藩を上役の妻・汀女と共に逐電、妻仇討の過去をもつ。示現流に独自の工夫
長崎絵師通吏辰次郎②	ハルキ文庫	2001・10	享保年間	辰次郎	南蛮絵師・通吏	長崎代官・季次家の御家再興のために力を尽くす主人公
居眠り磐音江戸双紙⑫	双葉文庫	2002・4	明和年間	坂崎磐音	浪人	春風駘蕩の如き明朗型の主人公
悪松③	祥伝社文庫	2002・7	元禄年間	大安寺一松	中間の子	剣で天下一の覇者を目指す。愛甲派示現流
酔いどれ小籐次留書③	幻冬舎文庫	2004・2	文化年間	赤目小籐次	浪人	五尺一寸の短軀で異相の持主。一子相伝の来島水軍流

（注）①シリーズ名の下の数字は2005年3月までに刊行された冊数を表わす。夏目影二郎シリーズは5月刊行分までを含む。
②夏目影二郎シリーズ9巻のうち、第1巻と第2巻の初出は日文文庫から刊行。
③吉原裏同心シリーズのうち第1巻と第2巻の初出はケイブンシャ文庫から刊行。

表(2)夏目影二郎シリーズの概要

題名	副題	刊行年月日	物語の時代	内容の特徴	登場する著名人
八州狩り	赦免旅	2003・11 （2000・4初出）	天保7〜8年 （1836〜37年）	①影二郎の出自 ②瑛二郎から影二郎へ改名する動機 ③父の影御用	国定忠治 浅草弾左衛門 二宮尊徳 藤田東湖 江川太郎左衛門
代官狩り	危難旅	2004・4 （2000・9初出）	天保9年 （1838年）	①深川蛤町の悪所・極楽島が舞台 ②加賀藩の阿片密売	
破牢狩り	始末旅	2001・5	天保10年 （1839年）	①伝馬町の牢破り ②道中方による公金横領	車善七
妖怪狩り	〃	2001・11	天保10年 （1839年）	①鳥居耀蔵による蛮社の獄 ②偽国定忠治の出没	江川太郎左衛門 渡辺崋山 国定忠治 鳥居耀蔵 遠山金四郎

百鬼狩り	〃	2002・5	天保10年（1839年）	①水野忠邦の影御用 ②物語の舞台が唐津・長崎 ③百鬼水軍の出現	水野忠邦 小笠原長行
下忍狩り	〃	2002・11	天保11年（1840年）	①南部盛岡藩と津軽弘前藩の争い ②ナホトカ号の謎	
五家狩り	〃	2003・6	天保12年（1841年）	①尾張藩の内紛 ②御三家御付家老の思惑	
鉄砲狩り	〃	2004・10	天保12年（1841年）	①洋式鉄砲と設計図の盗難 ②鳥居耀蔵の影	
奸臣狩り	〃	2005・5	天保12年（1841年）	①神田明神の祭礼中止 ②父の御役御免 ③家斉の愛妾・お美代の方の思惑	水野忠邦 国定忠治 日啓

（注）『八州狩り』と『代官狩り』の初出は日文文庫で2000年4月、2000年9月に刊行された。

光文社文庫

文庫書下ろし／長編時代小説
奸《かん》臣《しん》狩《が》り　夏目《なつめ》影二郎《えいじろう》始末旅《しまつたび》㈨
著者　佐《さ》伯《えき》泰《やす》英《ひで》

2005年5月20日　初版1刷発行
2011年7月25日　2版3刷発行

発行者　駒井　稔
印刷　豊国印刷
製本　ナショナル製本

発行所　株式会社　光文社
〒112-8011　東京都文京区音羽1-16-6
電話　(03)5395-8149　編集部
8113　書籍販売部
8125　業務部

落丁本・乱丁本は業務部にご連絡くだされば、お取替えいたします。
ISBN978-4-334-73884-6　Printed in Japan

通算13刷　組版　豊国印刷

お願い　光文社文庫をお読みになって、いかがでございましたか。「読後の感想」を編集部あてに、ぜひお送りください。

　このほか光文社文庫では、どんな本をお読みになりましたか。これから、どういう本をご希望ですか。

　どの本も、誤植がないようつとめていますが、もしお気づきの点がございましたら、お教えください。ご職業、ご年齢などもお書きそえいただければ幸いです。当社の規定により本来の目的以外に使用せず、大切に扱わせていただきます。

光文社文庫編集部

光文社文庫　好評既刊

代官狩り（新装版）	佐伯泰英
破牢狩り（新装版）	佐伯泰英
妖怪狩り（新装版）	佐伯泰英
百鬼狩り（新装版）	佐伯泰英
下忍狩り（新装版）	佐伯泰英
五家狩り（新装版）	佐伯泰英
鉄砲狩り	佐伯泰英
奸臣狩り	佐伯泰英
役者狩り	佐伯泰英
秋帆狩り	佐伯泰英
鵺女狩り	佐伯泰英
忠治狩り	佐伯泰英
奨金狩り	佐伯泰英
夏目影二郎「狩り」読本	佐伯泰英
流離	佐伯泰英
足抜	佐伯泰英
見番	佐伯泰英

清搔	佐伯泰英
初花	佐伯泰英
遣手	佐伯泰英
枕絵	佐伯泰英
炎上	佐伯泰英
仮宅	佐伯泰英
沽券	佐伯泰英
異館	佐伯泰英
薬師小路 別れの抜き胴	坂岡真
木枯し紋次郎（全十五巻）	笹沢左保
お不動さん絹蔵捕物帖	笹沢左保
浮草みれん	笹沢左保原案　小葉誠吾著
海賊船幽霊丸	笹沢左保
夕鶴恋歌	澤田ふじ子
闇の絵巻（上・下）	澤田ふじ子
修羅の器	澤田ふじ子
森蘭丸	澤田ふじ子

光文社文庫　好評既刊

かげろう砂絵　都筑道夫
きまぐれ砂絵　都筑道夫
あやかし砂絵　都筑道夫
からくり砂絵　都筑道夫
くらやみ砂絵　都筑道夫
ちみどろ砂絵　都筑道夫
さかしま砂絵　都筑道夫
打てや叩けや源平物怪合戦　東郷　隆
前田利常（上・下）　戸部新十郎
寒山剣　戸部新十郎
斬剣冥府の旅　中里融司
暁の斬友剣　中里融司
惜別の残雪剣　中里融司
落日の哀惜剣　中里融司
終焉の必殺剣　中里融司
亥ノ子の誘拐　中津文彦
彦六捕物帖　外道編　鳴海　丈

彦六捕物帖　凶賊編　鳴海　丈
ものぐさ右近風来剣　鳴海　丈
ものぐさ右近酔夢剣　鳴海　丈
ものぐさ右近義心剣　鳴海　丈
さすらい右近無頼剣　鳴海　丈
ものぐさ右近多情剣　鳴海　丈
炎四郎外道剣　血涙篇　鳴海　丈
炎四郎外道剣　非情篇　鳴海　丈
炎四郎外道剣　魔像篇　鳴海　丈
闇目付・嵐四郎　破邪の剣　鳴海　丈
闇目付・嵐四郎　邪教斬り　鳴海　丈
月影兵庫　上段霞切り　南條範夫
月影兵庫　極意飛竜剣　南條範夫
月影兵庫　秘剣縦横　南條範夫
月影兵庫　独り旅　南條範夫
月影兵庫　一殺多生剣　南條範夫
月影兵庫　放浪帖　南條範夫